OVELS

α《アルファ》とは結婚できません！

真船るのあ
NOVEL Runoa Mafune
八千代ハル
ILLUST Haru Yachiyo

CROSS NOVELS

CROSS NOVELS

スパダリα《アルファ》とは結婚できません！

真船るのあ
NOVEL Runoa Mafune

八千代ハル
ILLUST Haru Yachiyo

柏木由弦《かしわぎゆづる》には、気になる人がいる。

正確に表現するなら、気になる男性と猫一匹だ。

由弦のバイト先である八重樫《やえがし》物産株式会社のすぐ目の前には、公園がある。

そう広くはないが小さな噴水もあり、ベンチもたくさんあってオフィス街が近いので、ランチに多くの人々の利用している姿が見られる場所なのだが、出勤前に通りかかると、時折『彼』がいるのだ。

仕立ての良さそうな、見るからに身体にフィットしたオーダーメイドのスーツ姿の、長身の男性だ。

年の頃は、二十七、八歳といったところか。

なによりも目立つのは、彼が俳優ばりの美男子だからかもしれない。

堂々とした体軀に理知的な風貌《ふうぼう》、長い足を持て余すようにベンチに腰掛けていると、若い女性の二人連れがちらちらと彼を振り返っていく。

初めて見かけた時、わ、すごく目立つ人だなと思った次の瞬間、男性はなぜか突然立ち上がって長身を屈め、座っていたベンチの下に頭を突っ込まんばかりに不自然な体勢になった。

イケメンなのに、不審者⁉

いったい、なにをしているのだろうと興味をそそられ、通りすがりに注目していると、ベンチの下に白猫がうずくまっているのがちらりと見えた。

『彼』はその猫になにごとかを話しかけ、かまっているがまったく相手にしてもらえず完全無視されている。

――猫、好きなんだ。

俳優ばりの容姿とは不似合いな、子どもっぽい行動に、思わず笑みを誘われる。

これが、由弦と『彼』の出会いだった。

それから、出勤前にその公園を通る時には、つい目線で『彼』を探すようになった。

『彼』がこの公園に来る時間は、大体ランチタイムか、さもなければ夕方だ。

どうやら近くのビルに勤めているようで、休憩時間にこの公園に来ては白猫をかまっているようだった。

その白猫は、いつからかは定かではないが、公園に度々出没する野良のようだ。

全身真っ白の猫だが、特徴的なのはその尻尾で、先が少し二股に分かれている。

かなりの美猫で、野良猫にしては毛艶もよく、優雅に散策といった面持ちで公園を闊歩《かっぽ》している。

『彼』はどうやらその白猫にご執心のようで、足繁く通っているらしい。

『彼』がコーヒーショップのタンブラー片手に、ベンチで人待ち顔にしていると、白猫はどこからともなく現れ、時にはその足許に身体を擦りつけたりもする。

が、喜び勇んで抱き上げようと手を伸ばした途端、つれなく離れてしまうのだ。

『この私を抱っこしようだなんて、十年早い！』とでも言いたげなツンデレぶりで、翻弄《ほんろう》される『彼』は苦笑している。

そんな姿が見ていて微笑ましく、つい由弦まで笑みを誘われるほどだった。

彼らを見かけるのは、週に一度、多くて二度ほどだ。

いつしか由弦は、『彼』と白猫の攻防を眺めるのを楽しみにするようになっていた。

二人の姿があると、今日は会えた、と心が浮き立つ。

会えたといっても、こちらが一方的にこっそり見ているだけなのだが。

けれど、たったそれだけのことで由弦にとって、今日はいい一日になると思えるのだ。

いったい、どんな仕事をしている人なのだろう?

常人とは明らかに放つオーラが違う、そう感じたが、確信は持てない。

――もしかしたら、あの人はアルファなのかもしれない。

初めて彼を見かけた時から、そんな直感があった。

本能でわかるのだ。

なぜなら、由弦はオメガなのだから。

だから、近づいてはならない。

自分の匂いが届かないくらいに距離を置いた遠くから、ひそかに見つめるだけだ。

そんなことをしているうちに、いつのまにか時間が迫ってきて、由弦は急いで会社へ駆け込む。

今年大学三年になる由弦のバイトは、ビルの清掃員だ。

身長百七十センチと、決して低くはないのだけれど、体格が華奢《きゃしゃ》なせいか、いつも実際より小柄に見られてしまう。

色素の薄い、ふわふわの猫っ毛に童顔なのもあり、女性に間違われることも少なくない。

従業員入り口のあるビルの裏手へと回り込んだ時、すれ違った若い男性がこちらを見ているような気がして、由弦は無意識のうちにタートルネックの襟元を引き上げる。

大丈夫、バレるはずがない。

そう自分に言い聞かせ、逃げるように足早に中へ入る。

「お疲れさまです」

いつものように通過する警備員室のガードマンに挨拶し、ロッカールームへ入るとようやくほっとする。

急いで制服の作業着に着替え、ふとロッカーの扉の鏡を見ると、故意に前髪を伸ばして顔を隠しがちな自分が映っている。

――――大丈夫、こんなに気をつけているし、ちゃんと抑制剤も飲んでるんだから、もう昔みたいなことは起こらない。

まるで暗示をかけるように、心の中で繰り返す。


もうすぐ二十一歳になる由弦の、今までの人生は普通の人間とは多少異なっていた。

そう、由弦はオメガとしてこの世に生を受けたからだ。

世の中の大多数は、ベータと呼ばれるごく一般的な人間である。

それとは別に、ごく少数ながらアルファとオメガという分類に属する人々がいる。

アルファは生来ハイスペックな才能や容姿に恵まれた、いわゆるエリートで、オメガは男性でも妊娠して子どもを産むことができる特異な体質の人々のことだ。

現在の日本では、アルファとオメガの存在を義務教育の保健体育などで学ぶし、思春期前のバース検査も全国民に行われる。

なので一応周知はされているのだが、なにせ圧倒的に数が少ないので『その存在は知っているけど、身近にはいないので詳しくない』といった認識の一般人がほとんどだ。

政府にも公式に認められていて、アルファとオメガであれば同性同士でも正式な結婚ができるし、特別な複利厚生も受けることができる。

だが、やはり少数派は好奇の目で見られることが多く、アルファもオメガも自分がそうだとは公言しない人がほとんどで、由弦もその一人だった。

由弦の両親も、アルファとオメガだった。

オメガだった父はアルファの父と出会い、男性でありながら由弦を出産した。

幼い頃の記憶でも、二人の仲睦まじさはよく憶えている。

二人は本当に心から愛し合い、互いを必要としていたのだ。

同性同士の夫婦ということで、いろいろいやな思いをさせられたり、不都合もあったりしたようだが、父達はなにを恥じることがあるのかと堂々と胸を張って生きていた。

そんな両親を、由弦は誇りに思っていた。

両親がアルファとオメガということで、早期にバース検査を受けていた由弦は、早い段階から自分がオメガとしてこの世に生を受けたことを知っていた。

子ども時代はさして意識せずにいたが、中学生になり、思春期に入ると、なぜか急に仲のよかった同級生の男子生徒に告白されるようになった。

それが、オメガ特有のフェロモンのせいだと父達から聞かされてはいたものの、いざ現実になるとやはりショックだった。

オメガにはヒートと呼ばれる、いわゆる発情期が定期的に訪れる。

それは個人差があり、思春期に始まる場合が多かったが、由弦の場合は少し遅く、高校に入学してからのことだった。

中学時代から前兆はあったものの、高校に進学すると、初めてアルファの同級生に出会ってしまい、こちらはかなりしつこく追い回されて大変だった。

アルファの自覚がある彼は、自分が由弦の運命のつがいだと息巻いて交際を迫ってきたが、それは由弦を怯えさせるだけだった。

まったく本意ではなかったのに、初めてアルファと出会ったことで、皮肉にも由弦の発情期のスイッチが入ってしまった。

動悸はするし、身体が火照《ほて》っていてもたってもいられず、ひどく苦しい。

なにより、好きでもなんでもない相手に興奮している自分がショックだった。

そんな由弦の反応につけ込み、その同級生は無理やり関係を持とうと迫ってきたが、全力で抵抗し、危うく難を逃れた。

その一件が原因で学校に通うこともつらくなり、発情期が訪れ、オメガとして目覚めた由弦を父達は病院へ連れていった。

発情期が始まっても、まだつがいがいない場合はオメガ専用の抑制剤を服用すれば通常の人と変わらぬ日常生活が送れるようになるのだ。

薬を欠かさず飲むようになってからは、発情期の苦痛から解放されてほっとした。

もう、二度とあんな苦しい思いはしたくない。

アルファに惹かれるのはオメガの本能だと聞いてはいたが、由弦はその同級生に恐怖と嫌悪感しか抱かなかった。

その同級生だって、由弦がオメガだから迫ってきただけで、由弦自身のことなどなにも知らない。

好きでもない相手に本能だけで欲情するのもされるのも、たまらなくいやだった。

自分は本当にオメガなのか？

なにかの間違いであってほしい。

その一件以来、何度そう願ったかわからない。

抑制剤のおかげで、男性に言い寄られることはほぼなくなったが、由弦はもしまた同じようなことが起きてしまったらという予期不安から、次第に人付き合いを避けるようになっていった。

運命のつがい。

由弦も父達から繰り返し聞かされて育ってきたので、その意味は知っていた。

アルファとオメガの中には、出会った瞬間から抗い難いほどの力で惹かれ合う、唯一無二の存在があるという。

それが運命のつがいだ。

数が少ないアルファとオメガの中でも、運命のつがいとして結ばれるのはさらに圧倒的少数で、極めてレアな存在らしい。

『父さん達は、運命のつがいなんだよ』

確かに父達は、結婚してとてもしあわせそうだった。

いつか由弦も、運命の相手に出会えるよと言われたが、奥手でまだ初恋も知らない由弦にはまったくピンとこなかった。

自分の家族は、普通とは違う。

それは重々承知していたが、由弦は父達の子どもに生まれてしあわせだった。

だが、その幸福は長くは続かなかった。

由弦が抑制剤を飲み出して落ち着いた頃、アルファの父が突然の病に倒れ、あっけなく帰らぬ人になってしまったのだ。

その時の、遺されたオメガの父の嘆きは、それは深いものだった。

まるで半身をもぎ取られたように毎日泣き暮らし、しばらく仕事も休職するほどだった。

後に、「由弦がいなかったら、パパの後を追ってたよ」とぽつりと漏らした時には、背筋がぞっとしたものだ。

運命のつがいとは、これほどまでに離れ難いものなのか。

もし自分も運命のつがいと出会って、同じように先立たれてしまったらどうしよう。

それは由弦の心に深い恐怖を植えつけるのに充分だった。

そんなオメガの父も、由弦が大学に入学した年に、仕事の出張先で高速道路の追突事故に巻き込まれ、事故死してしまった。

アルファの父が亡くなって、わずか数年。

まるで、由弦が独り立ちできるまで成長するのを待って、オメガの父は愛する伴侶の後を追ったような気さえしてしまう。

もしかしたら、アルファの父が天国からオメガの父を呼んだのかもしれない。

突然家族を失い、一人になった由弦はしばらくの間大学も休み、放心状態でなにもできなかった。

だが、いつまでもそうしてはいられない。

不幸中の幸いだったが、父の保険金が下りたので学費は賄《まかな》えたし、卒業するまでの生活には困らないくらいの余裕はあった。

それでも、両親と暮らした思い出の染みついた我が家に一人で暮らすことがつらくて、由弦は自宅も処分し、一人大学のそばにある質素なアパートに引っ越した。

家族も失い、ほかの友人達のように気軽に恋もできない自分は、極力目立たぬようにひっそりと息を殺して生きていくしかない。

アルファだのオメガだの、自分には与《あずか》り知らぬことだ。

他人とうまく関われないのなら、この先一生一人で生きていく。

そんな頑なな思いを抱えたまま、由弦はバイトと学業の両立、さらに就職活動のリサーチにと忙しく過ごしていた。

——今日は、あの人いるかな……？

公園が近づくにつれ、期待に胸が高鳴る。

孤独な由弦にとって、出勤前の公園に寄るのはささやかな楽しみになっていた。

横断歩道を渡り、あと少しで公園だという時、ふいに近くでカラスの険しい鳴き声が聞こえてくる。

なんだろう、と振り返ると、公園手前にある街路樹の下で三匹ほどのカラスが大きく羽を羽ばたかせてなにかを威嚇《いかく》していた。

見ると、あの白猫だ。

白猫の方も臨戦態勢で牙を剝き出しにして唸《うな》っているが、多勢に無勢で少々旗色が悪い。

そうこうするうち、一匹のカラスが鋭い嘴《くちばし》で白猫を突き、白猫がぎゃん、と悲鳴を上げた。

「こらっ！　やめろ！」

慌てて駆け寄った由弦は、手に持っていた鞄を振り回してカラスを追い払う。

カラスがカァカァと鳴きながら逃げていったので、由弦は白猫の身体を確認した。

嘴で突かれた箇所は、泥で汚れていたが血は出ていないようだ。

「怪我はしてないな。よかったね」

白猫にそう声をかけながら、鞄から持ち歩いていたペットボトルのミネラルウオーターを取り出し、タオルにそれをかけて泥を拭いてやる。

白猫は珍しくされるがままで、ただじっと由弦を見つめていた。

「これで綺麗になったよ。怪我したら危ないから、あんまりカラスとケンカするなよ？」

そんなことをしているうちにバイトの時間が迫ってきたため、由弦は白猫に「じゃあね」と言い置き、走ってビルへ向かったのだった。


「柏木くんは真面目に働くねぇ。ほかの若い子達とは大違いだわ」

その日の仕事終わり。

控え室の前を通りかかると、同じフロアの清掃担当になった、高梨文子《たかなしふみこ》がそう褒めてくれる。

そろそろ六十に手が届く年齢で、最近腰痛に悩まされているという彼女はこの道二十年のベテランだ。

「そんな風に褒めてくれるの、高梨さんくらいですよ。ありがとうございます」

極力人と関わることを避けて暮らしている由弦だったが、三人の孫の自慢話が好きな彼女には
こうしてよく捕まってしまうのだ。

「それじゃ、お先に。お疲れさまでした」

文子と別れ、一人ロッカールームで着替えていると、たまたま同じ時間に上がりだった別の若
い男性スタッフ二人と鉢合わせた。

「お疲れ～っす」

「お疲れさまです」

恐らく年齢は同じくらいの彼らは、見るからに今どきの若者で明るく髪を染め、洒落た服に着
替えて何度も鏡で髪型をチェックしている。

そそくさと着替え終わった由弦は、そのままロッカールームを出ようとしたが、

「あ、柏木さん、今日暇っすか？　合コンメンバー、一人急に来られなくなっちゃったんですけど」

そのうちの一人に声をかけられ、慌ててしまう。

どうしても過去のトラウマから、若い男性に声をかけられると反射的に身構えてしまうのだ。

由弦は、いつも着ているタートルネックの襟元を無意識に引き上げる。

「え？　あ……ごめん。今日ちょっとこれから用事があって」

「あ～そうなんだ。じゃ、また今度」

お先に、ともごもご口の中で告げて、急いで外へ出る。

ドアを閉めようとすると、もう一人が「あの人誘っても無駄だって。最初からめっちゃ付き合

い悪いじゃんか」と小声で窘《たしな》めているのが聞こえてしまった。

「ちょっと顔は可愛いけど、愛想ないし暗いし、あんなの連れてったら女の子達引いちゃうだろ」

「そっか、悪い悪い。だってこの職場、俺ら以外あの人くらいしか若い男いないじゃん」

「あの人、いつでもハイネックかタートル着てるよな。やっぱ変わってるって」

ははは、と笑い声が聞こえてきて、由弦は足早にその場を立ち去る。

自ら望んでそう思われるように仕向けているのだから、傷ついたりなんかしない。

外出する時はいつも、きっちりと襟の詰まったシャツやタートルネック、またはストールなど巻いて首許を守っている。

万が一、アルファにうなじを噛まれてしまったら、強制的につがいにされてしまうからだ。

抑制剤をきちんと服用していれば襲われる可能性はほぼないのだが、由弦は心理的にどうしても首筋を晒すのが怖くて、いつも隠していた。

オメガとして生まれたからには、自分の身は自分で守らなければならない。

けれど、家族も既に亡く、友人もなるべく作らず、ただただ大学とバイト先との往復のみの生活はひどく孤独だった。

両親を否定するつもりはないが、もし自分がオメガでなく、ベータだったなら。

こんな人生は送らずに済んだと思うと、己の運命を恨みたくなる。

それから数日が経ち、その日珍しく寝坊してしまった由弦は慌てて部屋を飛び出した。

前の晩は掛け持ちしている居酒屋のバイトで棚卸しがあり、帰宅が深夜だったのだ。

いつもは毎朝一錠、食後に抑制剤を飲むのだが、朝食を採る時間がなかったので途中のコンビニでパンでも囓《かじ》ってから飲もうと処方箋《しょほうせん》の袋ごと鞄に放り込む。

そして、駅へと急ぎ、いつものように電車で大学へ向かう。

大学の最寄り駅に降り、スマホを取り出して時間を確認すると、既に講義の時間が迫っていて、まずいと早足になる。

今日は大事なレポートの提出日だったので、どうしても欠席するわけにはいかないのだ。

これではコンビニに寄る時間もない。

もう空きっ腹に水で薬を飲むしかないなと考えた、その時、歩道を急ぐ由弦の身体に衝撃が来た。

一瞬、なにが起きたのかよくわからないまま、転びかけて慌ててバランスを立て直す。

――なに、今の……？

茫然としている目の前を、バイクが走り去っていく。

バイクを運転していた男の左手に自分の鞄が握られているのを見た瞬間、由弦はようやくそこでひったくりに遭ったことに気づいた。

「ど、泥棒……!!」

咄嗟に叫び、走って追いかけたが、バイクの速度に敵うはずもなく、あっという間に犯人は逃げ去ってしまった。

——どうしよう……。

不幸中の幸いというべきか、スマホは手に握っていたので無事だ。

アパートの鍵はポケットの中だし、教科書類も大学のロッカーの中。

鞄の中身は、財布以外大したものは入っていない。

財布の中の現金は一万円ほどだった。

必死に記憶を辿り、被害を確認していた由弦は、そこで絶望的な気分になった。

よりによって、今月分の残りの抑制剤を袋ごと入れていたのだっけ。

まだ今日の分も飲んでいない上に、抑制剤をすべて失ったことに、由弦は激しく動揺した。

だが、講義に出ないわけにはいかないので、由弦はとりあえず警察は後回しにしてそのまま大学へ駆け込んだのだった。


なんとかレポートを提出し、講義を終えたその足で近くの交番へ出向き、事情を説明して被害届を出す。

が、警官の口ぶりからは鞄が戻る可能性は低いだろうという雰囲気だった。

思いのほか時間を取られ、清掃のバイトの時間が迫っていたので、慌てて電車に飛び乗る。

バイトが終わったら、帰りに薬局へ寄らねば。

そう考えながらなんとか間に合い、いつものように真面目に働いていた由弦だったのだが。

その日の担当フロアは、最近ようやく任されるようになった最上階の重役室がある一角だ。

掃除用具が入ったカートを押して廊下を進んでいくと、正面から一人の男性がこちらへやってきた。

なにげなく顔を上げ、ドクンと鼓動が高鳴る。

――あの人だ……。

間違いない、目の前にいるのは、公園で白猫に翻弄されている『彼』だった。

まさか、この会社に勤めている人だったなんて。

しかも、ここは重役のオフィスしかないフロア。

ここにいるということは、かなりの役職付きのはずだ。

心臓の鼓動がバクバクと騒ぎ出し、耳まで熱くなってきた。

だが、立ち止まるのも不自然なので、なにげないふりをしてカートを押し、前へ進む。

すると正面から歩いてきた彼と、まともに目が合ってしまったので帽子のツバを下げて急いでうつむく。

そのまま早足で行き過ぎようとした、その時。

「きみ」

すれ違いざまにふいに声をかけられ、ぎくりとした。

こっそり周囲を見回すが、ほかに人はいなかったため、それは自分にかけられたものだとわかっておずおずと振り返る。

すると彼は歩み寄ってこようとしたので、咄嗟に数歩下がって距離を保った。

今日は抑制剤を飲んでいないし、近づいて匂いでオメガだとバレてしまうことを恐れたのだ。

すると、彼も由弦の警戒を感じたのか、そこで立ち止まる。

「な、なんでしょうか……？」

帽子を目深に下ろし、目が合わないようにして応じると、彼は少し言葉を探すような様子で言った。

「いつもフロアを綺麗にしてくれて、ありがとう」

「い、いいえ、仕事ですから……」

まさか清掃のお礼を言われるとは思わず、由弦はさらに焦ってしまう。

見るからに高級そうなオーダーメイドのスーツをまとった彼と自分は、明らかに住む世界が違う。

由弦は自分が着ている、洗濯してくたびれきった支給の作業着が恥ずかしかった。

こんなに生きる世界が違う人を、いつも公園で盗み見してますなんて、とても言えない。

多少後ろめたい思いで、頑なにうつむいていると、

「仕事の邪魔をしてすまなかったね」

そう言い置き、彼はそのまま足早に歩き去ったのでほっとした。

――どうして俺、こんなにドキドキしちゃってるんだろう……？

今日は抑制剤を飲んでいないせいなのだろうか？

こんな気持ちになったのは生まれて初めてで、由弦はとまどう。

たった一言二言ではあったが、あの人と話ができた。

ただそれだけのことなのに、浮き立つような気持ちは抑えられなかった。

動揺を隠しつつ、シフトの交代時間になったので急いで控え室へ戻る。

さっさと着替えて帰るため、ロッカールームへ行こうとすると、そこでは文子が腰を片手で押さえ、テーブルの上に突っ伏していた。

「大丈夫ですか？」

心配して声をかけると、文子は痛そうに顔を歪めている。

「痛たたた……昨日から急に腰痛がひどくなってねぇ。冷えたのかしら」

「無理しない方がいいですよ」

シフト表を見ると、文子の勤務は午後七時までだったが、この状態ではつらいだろう。

――七時に上がれば、ぎりぎり間に合うか。

いつも抑制剤を出してもらっている調剤薬局の受付は午後八時までなので、急げばなんとかなる。

そう計算し、由弦は「よかったら俺、代わりにシフト延長しましょうか？」と申し出た。

「え、いいの？　でも悪いわよ」

「大丈夫ですよ、高梨さんこそ、悪化させないうちに病院へ行った方がいいですよ」

「そう……？　そうしてもらえると助かるわ。本当にありがとね」

何度も礼を言い、文子は早退していった。


「お疲れさまでした、お先に失礼します」

なんとか文子の代わりに午後七時までの勤務を終え、由弦は急いでビルを出る。

なんだか、ひどく気怠《けだる》く身体が熱っぽい。

たった一日分、抑制剤を飲んでいないだけでもう異変が起きてしまうのだろうか？

今まで薬が足りなくなったことなどなかったので、初めての状態に由弦は動揺した。

タイミングが悪いことに、もしかしたら発情期に入りかけているのかもしれない。

そう気づいて、ぞっとする。

今まで気をつけていたので、数ヶ月に一度の発情期近くで抑制剤を切らしたことはなかった。

なので、飲まなければ身体にどんな変化が起きるか予測がつかない。

――急がなきゃ。

怠い身体を引きずるように薬局を目指すが、折悪しく雨がぱらついてきた。

傘は持っていなかったので、そのまま足早に進む。

すると、暗い路地から二人の若者が突然飛び出してきたので、由弦は危うくぶつかりそうになってしまった。

「危ねぇなぁ、気をつけろよ！」

どう考えても周囲を気にせず飛び出してきたのは自分達のくせに、この時間で既に酒が入っているのか、二人組は威勢よく因縁をつけてくる。

「す、すみませんでした」

ぺこりと頭を下げ、そのまま行こうとすると、一人が由弦の行く手を遮《さえぎ》るように立ちはだかる。

「待てよ、そう冷たくするなって、お姉さん」

「俺、男です」

華奢な風貌から女性に間違われることには慣れているが、今は一刻を争う時なのに、と由弦は内心焦る。

「またまたぁ、嘘だぁ〜。こんなに可愛いのに？　それになんかいい匂いするし」

なにげなくそう指摘され、ギクリとする。

見たところ、二人の若者はベータのようだったが、それでも自分は発情期のオメガの匂いが伝わるほどの状態なのだろうか？

「す、すみません、急いでいるので通してください」

「まぁ、そう言わずに少し付き合えって」

「そうそう、俺達気持ちいいことしかしないからさぁ」

と、一人が無遠慮に由弦の腕を摑んできて、嫌悪感に肌が粟立《あわだ》った。

「離してください……！」

そうこうしている間にも、雨足は瞬く間に強くなってくる。

「おい、そこの路地に連れ込め！」

「わかった！」

そのセリフに身の危険を感じた由弦は、なんとか摑まれた腕をふりほどいて走り出す。

「おい、待て！」

後ろから二人が追ってくる気配がしたが、振り返らずとにかく必死に走った。

——俺のこと好きなくせに、いい加減素直になれよ。オメガはアルファに惚れるもんなんだろ？

そう嘯《うそぶ》き、力ずくで押し倒してきた、あの同級生のセリフが脳裏によみがえる。

久々に感じる恐怖に足許はもつれ、ともすれば転んでしまいそうだったが、ここで捕まったら最後だ。

「待てって！」

二人の荒い息遣いがすぐ背後まで迫ってきて、もう駄目だと観念しかけたその時。

路地が途切れ、大通りへと合流する。

「あ……っ！」

勢い余って車道へ飛び出した由弦の前で、車が急停車した。

耳をつんざくような、急ブレーキの音。

幸い運転手が早めに気づいて停まってくれたからよかったものの、ほぼ鼻先にバンパーが迫っていたので間一髪の事態に背筋を冷や汗が伝う。

今のは完全に飛び出した自分に非があるので、責任を追及されてしまうかもしれない。

咄嗟にそんな考えが頭をよぎったが、酸欠で息がうまくできない。

地面にへたり込んだまま茫然としていると、運転席から長身の男性が降りてきた。

ヘッドライトが逆光になって顔はよく見えないが、男性は由弦に追いついた若者二人の前に立ちはだかる。

「きみ達、なにをしている!?　警察に通報するぞ!?」

「ヤベ、逃げろ！」

男性の登場でようやくあきらめたのか、若者二人は走って逃げていった。

――た、助かった……。

恐怖から解放され、由弦は膝の力が抜けてしまい、すぐには立てなかった。

すると、男性が傘を差して駆け寄ってくる。

「きみ、大丈夫か!?　怪我は!?」

「は、はい、大丈夫です……ありがとうございました。急に飛び出して、すみません」

なんとかお礼を言い、相手を見上げ、由弦はフリーズする。

なんということだろう。

傘を差し掛けてくれていたのは、今日社内で声をかけてきた、あの白猫に片思い中の男性だったのだ。

驚きに言葉を失っていると、彼の方も気づいた様子で、「ああ、きみか。うちのビルの清掃バイトの……」と少し驚いた様子で呟く。

「立てるか？　とにかく車に乗りなさい。着替えを貸してあげるから、うちに寄っていくといい」

「そ、そんな、とんでもないですっ」

慌てて遠慮したが、ふと自分の格好を見下ろすと、ずぶ濡れの上、転んだせいでデニムが泥だらけだ。

これではとても薬局へは行けそうになかった。

「摑まって」

「は、はい」

彼が手を貸して立たせてくれ、由弦のために助手席のドアを開けてくれた。

よく見ると、数百万はしそうな高級外国車で、いかにも高価そうな革張りのシートを前に由弦は躊躇《ちゅうちょ》する。

「汚してしまうので……」とさらに尻込みすると、「そんなことはいいから」と半ば強引に中へ押し込まれてしまった。

やむなくシートベルトをつけると、運転席に戻った彼はなめらかに車を発進させた。

少し冷静になってみれば、ついさっき初めて言葉を交わしたばかりの間柄なのに、甘え過ぎではないかと今さらながら冷や汗が噴き出してくる。

車は南麻布《みなみあざぶ》方面に向かっていて、車内にはワイパーが雨を払う音だけが響いている。

すると、沈黙に気を遣ったのか、彼が話しかけてきた。

「そういえば自己紹介がまだだったね。私は八重樫惟久矢《いくや》だ」

「え……八重樫って……」

由弦が働いているあのビルは、八重樫物産株式会社の所有ビルだ。

その名字と同じということは……。

「そう、あのビルのオーナーは私の父だ。今は八重樫物産の専務取締役をしている」

見るからにセレブ階級のルックスだとは思っていたが、まさかあの巨大企業の御曹司だったなんて。

どうりでまだ若いのに重役フロアにいたわけだ、と由弦はますますいたたまれない気分になる。

「きみは？」

「あ……柏木です。柏木由弦といいます」

「由弦くんか。いい名だ」

惟久矢は社交辞令で軽くそう言っただけなのかもしれないのに、たったそれだけで舞い上がりそうになるくらい嬉しい自分に、由弦はとまどう。

「着いたよ」

車が滑り込んだのは、南麻布にあるタワーマンションの地下駐車場で、そこからエレベーターへと乗せられる。

二十五階で降りると、その広々としたエレベーターロビーにはなんと一つしかドアがなかった。

つまり、その階全体を彼の部屋が専有しているということだ。

「どうぞ」

「お、お邪魔します……」

鍵を開けて中へ通されると、その玄関の広さにまた驚いてしまう。

廊下の先の三十畳はありそうなリビングにはイタリア製の高級家具でインテリアが統一されている。

まるで雑誌かなにかで見るような、洗練された部屋だ。

フロア全体としては、どれぐらい面積があるのか想像もできない。

賃貸にしても分譲にしても、庶民の自分が想像できないくらい高級な物件に違いない。

「あの、ご家族の方は……？」

「ああ、ここにはいないんで気を遣わなくていいよ。一人暮らしだ。両親は松濤《しょうとう》の実家に暮らしてる」

とにかくシャワーを浴びて温まってきなさいと、着替えとタオルを渡されバスルームへと案内される。

部屋を汚しては申し訳ないのでお言葉に甘え、まずシャワーを使わせてもらった。

新品の下着まで用意してもらい、恐縮だ。

着替えに彼のパジャマをありがたく借りたが、こちらも最高級のシルクらしく、肌触りがとても心地いい。

が、やはりサイズはかなり大きくて、袖口と裾をまくり上げて着たが、まるで子どもが大人の服を着ているようなありさまになった。

「あの……シャワーありがとうございました。なにからなにまで、すみません」

おずおずとリビングへ戻ると、キッチンにいた惟久矢は「ああ、少し大きかったね」と由弦のパジャマ姿を見て言った。

「きみのサイズに合いそうな服がなくてね。しばらくそれで我慢してくれ」

「我慢なんて……すごく肌触りがよくて、着心地いいです」

気まずさを誤魔化すためにどうでもいいことを喋り続けると、惟久矢がキッチンへ移動する。

「コーヒーとアルコール、ミネラルウォーターくらいしかないんだが、どれがいい？」

「あ……それじゃコーヒーを」

ミルクと砂糖の数までリクエストを聞いてくれて、彼が淹《い》れてくれたコーヒーをソファーに座り、ありがたくいただく。

惟久矢も自分のマグカップを手に、由弦のそばに腰かけようとしたが、なぜか少し距離がある方に座り直す。

なんだか、そわそわしているようで少し落ち着かない様子だ。

「服はすぐ洗濯すれば二、三時間で乾くよ。出して」

それを誤魔化すように、そう促される。

「え、でも……」

「その格好で帰るわけにはいかないだろう？」

確かに彼の言う通りだったので、促されるままにびしょ濡れの服を渡す。

――どうしよう……すぐ帰るつもりだったのに。

これで、服が乾くまでの間はここにいなければならなくなってしまった。

身体はさらに熱っぽくなっていて、いてもたってもいられない状態だ。

なにより、惟久矢のことが気になってしかたがない。

やはり彼はアルファなのだと、ここに至って確信する。

――でもなんで……こんなになっちゃうんだ……？

高校の時に抑制剤を飲み始めてから、今までアルファの男性に言い寄られても、こんな風になったことなど一度もなかったのに。

やはり、一日でも抑制剤を飲んでいないと駄目なのだろうか？

なぜ今朝に限って、寝坊なんかしてしまったのだろう。

あのひったくりにさえ遭わなければ、と後悔しても、あとのまつりだ。

惟久矢を視界に入れると落ち着かなくて、由弦はひたすらうつむいてコーヒーを啜《すす》るしかない。

が、そこでようやくモデルルームのようなリビングの隅にいくつもの段ボール箱が積み上げられているのに気づいた。

「あ……お引っ越しされるんですか？」

「ああ、来月からしばらく海外赴任の予定でね。ニューヨーク支社に転属なんだ。二、三年は戻ってこられない」

「……そうなんですか」

それではもう、公園であの白猫と戯《たわむ》れる姿を目にすることもできなくなってしまうのか。

寂しいような、けれどこれ以上彼に惹かれる前に距離ができてほっとしたような、複雑な気分だった。

「そしたら、あの白猫ちゃんにもしばらく会えなくなって寂しいですね」

ついうっかり口にしてしまってから、しまった、これではこっそり見つめていたことがバレてしまうと背中に冷や汗が噴き出す。

「あっ……ええっと……公園であの子と一緒のところをたまにお見かけしていたので……あの公園、出勤する通り道なんです」

しどろもどろにそう言い訳すると、惟久矢はバツが悪そうに苦笑する。

「恥ずかしいな。すると私が公園の君にすげなくフラれる様を、何度も見られていたということだね」

「公園の君……？」

「勝手に名前をつけられないから、そう呼ばせてもらってるんだ。あの通り、つれない女王様でね。さんざんアタックしてようやく背中は撫《な》でさせてくれるようになったんだが、いまだ抱っこはさせてくれないんだ」

「すごく綺麗な猫ちゃんですよね。野良とは思えないくらい毛並みもいいし」

と、二人はしばし白猫の話題で盛り上がる。

まともに言葉を交わすのは今日が初めてなのに、恐ろしいほどのスピードで彼に心惹かれてしまう。

もしかして、これが久しぶりの発情期なのだろうか。

――勘違いするな。これはオメガの、ただの本能なんだから。

そう自分に言い聞かせるが、それでも今まで感じたことのない激情をもてあます。

「本当のことを言うと、ずっときみのことが気になっていた」

「え……?」

思いがけない言葉に、由弦は驚き、思わず惟久矢を見つめてしまう。

「なぜかはわからないが、気になるというか、心惹かれたんだ。私より先に来て、あの白猫に話しかけているところも見かけたことがある」

「そ、そうだったんですか……」

こっそり見つめていたのは自分だけだとばかり思っていたのに、と由弦はかっと頬が熱くなる。

「どこか、いつも張り詰めていて寂しそうで……とても気になっていた」

「八重樫さん……」

「すまない、きみの雇用主はうちの会社で、私がこんなことを言うと自分の立場を利用してのセクハラになるんだが……」

「そ、そんなこと思ってないです。お気になさらないでください」

慌てて否定するが、その時どくん、と鼓動が跳ね上がる。

「……っ⁉」

駄目だ。

やはり惟久矢のそばにいると、自分が自分でなくなってしまうような感覚が襲ってくる。

一刻も早く、彼から離れなければ。

焦った由弦は、唐突にソファーから立ち上がった。

「あ、あの、俺そろそろ失礼します」

「え？　でも服がまだ……」

惟久矢がそう言いかけた時、既に膝に力が入らなくなってきた由弦は足許のラグにつまずき、バランスを崩してしまう。

「あ……っ！」

「危ない……！」

危うく転倒する寸前、惟久矢が咄嗟に腕を伸ばし、抱き留めてくれる。

彼の温もりに初めて触れた瞬間、くらりと強烈な目眩がした。

「くっ……」

思わずパジャマの胸元を摑みしめ、うつむいてその衝撃を堪えていると、惟久矢が掠れた声音で話しかけてくる。

「不躾ですまないが、きみはオメガ……なのか？」

「っ……！」

ついに核心を衝かれ、由弦は思わず彼を見上げてしまう。

答えられなかったが、目は口ほどに物を言うものだ。

すると惟久矢も、困惑した様子で続ける。

「やはり、そうだったのか……きみも気づいているだろうが、私はアルファだ。だが、今まで自分がアルファであることをさして意識してはいなかった。オメガには何人か会ったことはあるが、こんなに強烈に心惹かれたのは初めてだったんだ」

「八重樫さん……」

自分の異変に振り回されて必死だったが、さきほどから惟久矢が落ち着かない様子なのも、自分と距離を取っていたのも、発情期の匂いに煽《あお》られていたからなのだ、とようやく気づく。

「きみのことを、もっとよく知りたい。その気持ちを、抑えられない」

それは、由弦も同じ気持ちだった。

いくら理性で押さえ込もうとしても、本能が心も身体もこの人を欲しいと切望している。

それは、どうにも抗い難い誘惑だった。

「……もっとよく、きみの顔を見せてくれないか？」

「……っ」

返事もできず、震えていると、惟久矢の指先がそっと由弦の長めの前髪を掻き分けてきた。

そして、「綺麗だ」とため息のように呟く。

たったそれだけで、全身に甘い衝撃が走った。

――この人は、近いうち海外に行ってしまう。

ならば、これは一夜の遊びということだろう。

お互い本能に流されただけの、刹那の関係。

一生恋なんてしないと決めたけれど、たった一度の過ちなら、許されるのではないだろうか……？

今すぐ、この人が欲しい。

抱かれたい。

愛してほしい。

息も止まるほど強く、抱きしめてほしい。

それはオメガである故に今まで恋愛を封印して生きてきた由弦の、生まれて初めての激情だった。

「震えている……寒いのか？」

その問いに、由弦は震えながら頷く。

「お願いだから……抱きしめて……ください っ」

「由弦くん……っ」

悲鳴のように求められ、惟久矢もたまらなくなったように由弦の細い身体を掻き抱く。

そこから先は、もう言葉は必要なかった。

無我夢中で、なにがどうしてそうなったのかもよくわからないまま、ふと気づくと由弦は惟久矢の唇を受け止め、激しいキスに没頭していた。

「ん……ぁ……っ」

呼吸する暇も与えてもらえないほど深く貪られ、再びくらりと目眩がする。

キスすらも、一生誰ともするつもりがなかったはずなのに、今こうして彼の腕の中にいることが信じられなかった。

性急に寝室へと移動するが、ベッドに辿り着くまでの間も離れ難くキスを繰り返すうちに、いつのまにかシルクのパジャマは足許に落ち、惟久矢の服も点々と床に散乱していく。

「ぁ……んっ……」

あられもない肢体を晒されても、恥ずかしいと思う余裕すらなかった。

互いに全裸で惟久矢のベッドに倒れ込むと、彼のキスが雨あられとばかりに由弦の全身に降ってくる。

惟久矢に触れられただけで、意識が飛びそうなくらいの快感が脳を刺激する。

由弦はもう、ただされるがままに喘《あえ》ぐしかない。

すると。

「きみは、私の……っ」

俯《うつぶ》せに這《は》わされ、耳許で囁《ささや》かれて、ぞくりと肌が粟立つ。

――私の……なに……？

聞き返したかったが、惟久矢はかなり興奮しているらしく、荒い呼吸音だけが聞こえてくる。

そして、

「もう、我慢できない……っ、許してくれ」

低く、惟久矢がそう呻いた。

なにを許すのだろう、と考えるより先に、無防備に晒していたうなじへ一瞬痛みが走る。

「あ……ぁぁぁ……っ！」

だが、それはえもいわれぬ甘美な痛みだった。

今までずっとアルファを警戒し、決して隙を見せずに守り続けてきたのに、うなじを許してしまうなんて。

後できっと後悔すると頭ではわかっていても、由弦は今はただ目も眩むほどの幸福に浸る。

「あ……ぁ……八重樫さ……」

「私のことは、惟久矢と呼んでくれ。さぁ」

「い、惟久矢さん……っ」

「もっとだ。きみに呼ばれたい」

彼の望み通り、由弦はうわごとのように惟久矢の名を呼び続ける。

生まれて初めての行為は、由弦にいくばくかの痛みと、それとは引き換えにならないほどの深

い陶酔《とうすい》をもたらした。

今までは想像するだけだったが、男性との行為はかなり苦痛が伴うとばかり思っていたので、それも意外だった。

これも、相手がアルファだからなのだろうか？

行きずりの遊びのはずなのに、惟久矢はつがいの印を由弦に刻んだ後は落ち着いたのか、最初から最後まで優しかった。

オメガのフェロモンに惑わされていただろうに、理性を保つのは相当なことだ。

まるで宝物のように大切に扱われ、由弦は瞬く間に一度達し、その余韻も醒めやらぬうちに再度、今度は惟久矢と同時に絶頂を迎えたのだった。


「……身体はつらくないか？」

「……はい、大丈夫です」

そっと頬を彼の大きな手のひらで撫でられると、言い知れぬ幸福感が由弦を満たす。

はにかむ由弦をじっと見つめ、惟久矢は呟く。

「……海外赴任直前にこんなことをして、不誠実だと思われるだろうが、きみとのことは決して遊びのつもりではない。将来についても、ちゃんと考えたいと思ってる」

なぜだか、惟久矢はひどく高揚しているようで、胸の中に抱きしめた由弦を離そうとしない。

「……」

しかし、彼の口から将来の話が出た瞬間、由弦は否応なく現実へと引き戻された。

どうやら惟久矢は、激情に駆られ、無我夢中のうちにつがいの印を由弦に刻んでしまったことを同意のない行為だったと反省しているようだ。

誠実な惟久矢は、律儀に謝罪してくれたが、由弦には自分にも非はあると思った。

今まで神経を尖らせ、必死に守り続けてきたはずなのに、なぜ惟久矢には無防備にうなじを晒してしまったのか。

本心では、彼にならつがいの印を許してもいいと思ってしまったのではないか？

そこまで考え、背筋が冷たくなるのを感じた。

そんな由弦を愛おしげに抱きしめていた惟久矢は、海外赴任前の準備で疲れているのか、かなり眠そうだ。

「お疲れなんでしょう？　気にせず少し眠ってください」

「……すまない。このところ引っ越しの荷造りでバタバタしてしまって。少しだけいいか？」

私が起きるまで帰らないと約束してくれ、と囁かれ、由弦は頷いた。

「ええ、そばにいますから」

そう答えると、惟久矢は由弦の手を握り、安心した様子ですぐに寝息を立て始めた。

恐らく、日本を発つ前にやることが山積みで、眠る時間もないほど多忙だったのだろう。

そんな彼の寝顔を、由弦はじっと見つめる。

つがいの印は、由弦が思っていた以上に強いものらしく、どうにも離れ難い。

このままずっと彼のそばにいたいと、心の奥底では願っている自分がいるけれど。

――夢なんか見ちゃいけない。俺と惟久矢さんとは、最初から住む世界が違うんだから。

惟久矢の優しさに甘えてはいけない。

なにより、これ以上彼に惹かれた後に捨てられたら、自分がどうなってしまうかわからなくて怖かった。

――だから、これきりにするのが一番いいんだ。

海外赴任前の行きずりの、ちょっとした一夜の遊び。

それでいい。

もう二度と会えないと思うと、ひどく胸が締めつけられる思いがした。

――さよなら、惟久矢さん。

恋なんかしないと決めた自分が、生まれて初めて好きになった人。

この思い出だけを胸に、これから先の人生を一人で生きていこうと思った。

彼を起こさないよう慎重に手を解き、由弦はそっとベッドを抜け出す。

半身をもがれたかのような、ひどい喪失感を堪えてパジャマを身につけ、音を立てないよう静かに寝室から廊下へ出た。

そのまま、ランドリールームへ服を取りに行こうとした、その時。

突然玄関が開いたので、由弦は驚きのあまりその場に固まってしまった。

鍵を開けて入ってきたのは、六十代前半と思しき婦人だ。

高級そうなツイードのツーピースにブランドバッグを提げ、かなりきちんとした身なりである。

婦人の方も、廊下にパジャマ姿で立っていた由弦に驚いたらしく、言葉を失っていたが、

「あ、あなたは誰なの⁉」

と、ようやく詰問してきた。

「あ、俺はその……八重樫さんの会社でバイトをしている者で……」

咄嗟にそう答えてしまったが、雇われバイトが深夜近くに彼の部屋にパジャマ姿でいる説明にはまったくなっていないと気づく。

すると、婦人も由弦の格好で察しがついたらしく、露骨に眉をひそめた。

「いやだわ。あの子ったら、海外赴任前に……」

と、由弦に聞こえよがしに呟く。

恥ずかしさにいたたまれなくなり、由弦はぺこりと一礼し、ランドリールームへ逃げ込む。

急いで乾燥が終わっていた自分の服に着替え、リュックを背負って廊下へ戻ると、リビングに行ったと思っていた婦人がまた廊下へ出てきた。

「待って、そこのあなた」

「は、はい」

気まずさにうつむいていると、唐突に「あなた、オメガなの？」と聞かれる。

「……」

　返事ができず沈黙している間に、彼女はバッグから小切手帳を取り出す。

「失礼ですけど、これ受け取っていただけるかしら？」

「……これは？」

「息子も海外赴任前に、少しハメを外したかっただけだと思うの。ですからこれで、息子とのことは今日かぎりにしていただきたいんです」

　差し出された小切手にはゼロがいくつも並んでいて、由弦はそれを見て青ざめた。

「あなたもおわかりになるでしょう？　言いにくいんですけど、同じオメガでももっとうちの家柄にふさわしい方との縁談はいくらでもあるんです」

「……受け取れません。もともとお互いに、一夜限りの遊びと納得ずくのことですから、ご心配なく」

「あ、ちょっと……！」

　かろうじてそう虚勢を張るのが精一杯で、まだ婦人がなにか言ってきたが、聞く勇気がなくてそのまま惟久矢のマンションを飛び出す。

　エレベーターで一階へ降り、外へ出るとまだ雨は降り続いていたが、かまわず走り出した。

　たまらなく自分が惨めで、このまま消えてしまいたかった。

　せっかく洗濯してもらった服がまた濡れてしまったが、もうなにもかもどうでもいい気分だ。

　――でも、これでよかったんだ。

発情期のせいで、自分はどうかしていたのだから。

抑制剤をちゃんと飲んでいたら、決してこんなことにはならなかったと思う。

恋に振り回されない人生を送ると決めたのだから、これでよかったのだ。

自分に言い聞かせても、身体にはまだ惟久矢の温もりと熱い愛撫の跡が残っている。

この一夜の過ちを、早く忘れてしまわなければ。

由弦はそう焦っていた。

南麻布からなんとか最終電車に間に合ったので、自宅アパートの最寄り駅に辿り着く。

すると、改札口を出たところでなぜか人影も疎らになった駅前の歩道に、一匹の白猫が佇《たたず》んでいた。

「……あれ？」

いつも公園にいる、あの白猫にそっくりだが、惟久矢の会社前にあるあの公園からここまでは車でも十五分ほどの距離がある。

猫が歩いて来られない距離ではないだろうが、こんな雨の夜に、なぜ見知らぬ土地にいるのだろう……？

よく似た別の子かと思い、近寄ると、白猫は二股に分かれた尻尾を優雅に振り上げてみせた。

「やっぱりおまえか。こんなとこまで来て、どうしたの？　迷子になっちゃった？」

既に閉店したドラッグストアの軒先で雨宿りしている様子だったので、由弦も隣にしゃがみ込む。

そっと撫でると白猫の背も濡れていたので、由弦はリュックからタオルを取り出し、毛並みを丁寧に拭いてやった。

すると、白猫はじっと由弦を見上げ、にゃあん、と鳴く。

その様子は『元気出せよ』、という風に聞こえたので、由弦は微笑んだ。

「なんだ、慰めてくれるの？　ありがとな」

この子になら、誰にも打ち明けられない苦しい胸の内を明かしても許されるのではないか？

そう思い、由弦はそっとタオルを動かしながら呟く。

「聞いてくれる？　俺、あの人のこと好きになっちゃったんだ。いつもおまえの関心を引きたくて必死な、あの人だよ。でもこの恋はあきらめなきゃいけないんだ……」

訥々《とつとつ》と語る由弦を、白猫は大きな瞳でじっと見つめている。

すっかり拭き終わると、白猫は催促するように右の前足を由弦の膝に乗せてきた。

「え、なに？　もしかして抱っこさせてくれるの？　優しいね」

動物には、こんなにも自分が打ちひしがれ、弱っていることがわかるのだろうか？

『おまえ、かわいそうだからちょっとだけ抱っこさせてあげてもよくってよ』

そんな顔をしている白猫を、由弦はそっと膝の上に抱き上げる。

珍しく無抵抗に身体を委ねてくるので、ここぞとばかりにその柔らかな毛並みを撫で、お尻に触れると、白猫には去勢手術の傷跡があった。

「おまえ、男の子だったのか」

手術跡があるなら、かつては飼い猫だったのかもしれない。

「……あの人、もうすぐニューヨークに行っちゃうんだ。だから気が向いたら、一度だけでもいいから抱っこさせてあげてね」

そんな由弦の頼みを、聞いているのかいないのか、白猫はまた気まぐれに彼の膝から降り、雨の中を優雅に走り去っていった。


翌日、由弦はとにかく朝一番で薬局へ向かい、事情を説明して追加の抑制剤を処方してもらった。

そして電話で申し訳なかったが、清掃のバイトは辞めさせてもらう。

たとえ惟久矢が日本を発つとしても、母親の反応を思うと、けじめをつけて完全に関わりを断ち切るべきだと思ったからだ。

一晩経つと、彼とのことは自分が見た都合のいい夢だったような気さえしてくる。

だが、無意識のうちにうなじに手をやると、指先に彼の嚙み跡が触れるので、あれは現実だったのだと思い知らされた。

たった一度の激情に溺れ、つがいの印を許してしまうなんて。

――なんて浅はかなことをしてしまったんだろう……。

いくら後悔しても、あとのまつりだ。

とにかく、すべて忘れてなかったことにしよう。

そう心に決めた由弦は、怠い身体を押して掛け持ちしている居酒屋のバイトへ向かった。

夜遅く帰宅し、アパートの郵便受けを開けてギクリとする。

そこにはメモの走り書きが一枚投函されていた。

恐る恐る広げてみると、案の定惟久矢からだった。

バイト中はマナーモードにしていたスマホにも、見慣れない着信が何件もある。

――そっか……会社に聞けば、俺の連絡先や住所なんか簡単にわかるもんな……。

『昨夜は眠ってしまってすまなかった。ニューヨークに発つ前に、きみとのことをちゃんとしていきたい。とにかく電話してほしい』

要約すると、そんな内容で彼の携帯電話番号が記されていた。

あの後、母親から手切れ金の話は聞いていないのだろうか？

――惟久矢さん……。

彼の文字を初めて見た由弦は、思わずメモを胸許に抱きしめる。

駄目だ、引きずられてはいけない。

彼の母親が言っていたように、あの人にはもっとふさわしい相手がいるだろうから。

それから、由弦は惟久矢が出立すると言っていた半月後まで友人宅を転々とし、アパートには戻らなかった。

彼からの電話も着信拒否をし徹底して関係を断ち、ついに彼が日本を発ってから久しぶりにアパートへ戻る。

意を決して郵便受けを開けると、中には惟久矢が置いていった手紙が何通も残っていた。

由弦と連絡の取りようがないので、こうするしかなかったのだろう。

読むとまたつらくなるので、それをリュックの底に押し込む。

――さよなら、惟久矢さん。
二、三年は戻れないと言っていたので、そのうち自分のことなど忘れるだろう。
これでよかったのだと言い聞かせつつも、心には大きな穴がぽっかりと空いてしまったような気がした。


それから。

由弦は新しく見つけたコンビニの仕事に精を出していた。

忙しくしていないと、すぐ彼のことを考えてしまうからだ。

結局、ひったくりに遭った鞄は戻らず、犯人も捕まらないままだったが、由弦の中では既にどうでもいいことだった。

惟久矢と離れ離れになった空虚感は想像以上で、これがつがいの絆なのかと思い知る。

それらを振り切るように、由弦は少しの暇も自分に与えないよう働いた。

そしてしばらく経ったある日、由弦はいつものように大学の講義を終えるとバイト先のコンビニへ向かう。

が、その日は朝から気分が優れず、食欲もなかった。

講義はなんとかやり過ごしたのだが、コンビニのシフトに入ったところで、気分の悪さはかなり悪化していた。

――まずいな。

「ちょっと……すみません……っ」

唐突な吐き気が襲ってきて、レジ打ちをしていた由弦はコンビニのオーナーの前を走ってトイレへ駆け込む。

そして、たまらず胃の中の物を吐き出してしまった。

「ちょ、ちょっと、大丈夫？　悪いものでも食べたの？」

便器を抱えてうずくまる由弦の背後で、中年男性のオーナーがおろおろしている。

「……大丈夫、です。ゆうべ作った弁当のおかずが傷んでたのかも」

そう誤魔化し、吐くだけ吐いて立ち上がる。

急いでトイレを掃除しながら、今までこんなことは一度もなかったのに、いったいどうしたんだろうと考える。

そこで、脳裏にあの夜のことがよみがえった。

時期的には、ぴったり一致する。

――まさか、な……。

たった一度の行為で妊娠するなんて、いくら自分がオメガだとしてもかなり低い確率だろう。

そう自分に言い聞かせるが、不安は収まらない。

あの晩は無我夢中で、今思い返してもまるで熱に浮かされたような状態だった。

惟久矢も、急なことだったので避妊具の用意もなかったようだが、確認していないので定かではない。

由弦は無意識のうちに、うなじに手をやった。

いつものようにタートルネックに隠されたそこには、惟久矢が残した噛み跡がくっきりと刻まれている。

そういえば発情期は妊娠しやすいと、父が言っていたのを今さら思い出す。

――どうしよう……。

しばらく葛藤したが、由弦は思い切っていつも抑制剤を処方してもらっている医師の許を受診した。

「おめでたですね。三ヶ月目に入ったところです」

検査後、あっさりそう告げられ、一瞬頭の中が真っ白になる。

「ほ、本当ですか……?」

「ええ、出産をご希望なさらないなら、早めに決断なさった方がよろしいですよ」

由弦の困惑しきった表情で察したのか、医師が言い添える。

「……わかりました」

病院から自分のアパートまで、どこをどう歩いて帰ったのか、まるで記憶がなかった。

――どうしたらいいんだろう……。

大変なことになってしまった。

まだ学生の自分が、たった一人で子育てなどできるはずがない。

結論は一つしかないはずなのに、由弦は迷っていた。

そして、そっと下腹に手を触れてみる。

ここに、惟久矢の子が宿っているなんて、まだ信じられない。

だが、小さな命は確かに由弦の体内に芽吹き、存在しているのだ。

――産みたい、惟久矢さんの子を。

現実の困難もなにもかも吹き飛ばしてしまうほどの、強烈な思いが由弦の奥底から湧き上がる。

これからどれほど苦労したとしても、つらくても、惟久矢の子と二人でなら生きていける気がした。

さんざん悩んだ末、由弦は大学を中退し、東京を離れる決意を固めた。

惟久矢の子を産むことは、決して彼や彼の母親に知られてはならない。

それには、完全に彼らの前から痕跡を消す必要があると思った。

幸い、両親の遺産もあるし、自分でコツコツ積み立てておいた貯金もあるので、しばらく働けなくてもなんとかなる。

こうして由弦は今までの生活すべてを捨ててアパートを引き払い、ひっそりと東京から姿を消したのだった。

そうして、四年の月日が流れた。

◇　◇　◇

「いらっしゃいませ、何名様ですか？」

来店した若い女性客達に、エプロン姿の由弦は明るく接客する。

ここは神奈川《かながわ》県の湘南《しょうなん》にある保護猫カフェ『猫もふ茶房《さぼう》』だ。

普通の猫カフェとは違い、里親を探している保護猫との出会いの場を提供している。

外観は一見すると普通の庭つき一戸建てだが、その一階がカフェになっているのだ。

店内はそこそこ広く、床には一面にクッション材が敷き詰められている。

あちこちにソファー席や、床に座れる小さな丸テーブルとクッションの席があり、客達はそこで注文したドリンクを飲みながら猫と遊べるようになっていた。

今は平日の夕方なので、客足も落ち着いている。

すると、オーナーの沙由里《さゆり》が声をかけてきた。

「由弦くん、こっちはもう大丈夫だから。そろそろ兎惟《うい》くんのお迎えの時間でしょ？」

「え？　わ、もうこんな時間だったんですね。すみません、それじゃお先に失礼します」

「はい、いってらっしゃい。気をつけてね」

白髪交じりの髪を上品に結い上げた沙由里に見送られ、由弦は自転車で『猫もふ茶房』を後にする。

保育園までは、自転車を飛ばせば十分ほどの道程だ。

急いでペダルを漕ぎ、どうにかお迎えの時間ギリギリに滑り込む。

「あ、ゆづたん！」

すると、ちょうど保育園の入り口に立っていたのは、三歳くらいの男の子だ。

サラサラの黒髪がかかった愛らしいおでこ、それに大きな丸い瞳にふくふくのほっぺ。

どこからどう見ても、親の贔屓目《ひいきめ》を差し引いても、今日もうちの子は世界一可愛い。

由弦は親バカ全開で、全世界に大声で自慢したくなる。

「兎惟、遅くなってごめんね。今日はなにして遊んだの？」

「んっとね、えっとね。きょうはまさとくんとヒーローごっこしたの。すっごくたのしかった！」

「そっか、よかったね」

小さな両手を伸ばして抱きついてきた兎惟を抱っこし、由弦は先生にぺこりと一礼する。

「先生、いつもありがとうございます」

「いえいえ、兎惟くん、また明日ね」

「うん、せんせい、バイバイ！」

その光景を見かけた別の新米らしき保育士が、兎惟の担任に声をかけてくる。

「あの方、兎惟くんのパパですか？　ずいぶんお若いんですね」

「あ、あなた来たばかりだからまだ知らなかったのね。柏木さんはシングルファーザーなのよ」

「そうなんですか。男手一つで大変ですね」

小声ではあったが、そんな話し声が由弦の耳まで届く。

由弦は聞こえないふりをして兎惟を自転車の後ろに乗せ、ヘルメットを被せた。

「よ～し、行くよ？」

「うん、しゅっぱ～つ！」


あれから。

もう四年近くも経つんだなと、由弦は過ぎゆく日々の早さに愕然《がくぜん》とする。

慣れない育児に追われ、長いようであっという間だった、この四年。

兎惟を産むと決めた後、完全に消息を絶つために、由弦は大学を中退し、アパートも引き払い、なにもかも捨てて東京から姿を消した。

そして安住の地を求め、いつしかこの街に辿り着いていた。

なにも知らない土地で、一から暮らしを立て直すのはなかなか勇気がいるものだ。

ここ、湘南を人生の再出発の地に選んだのは、アルファだった父の故郷だというのが一番の理由だったかもしれない。

由弦が幼い頃は何度か父の実家があるこの地を訪れ、祖父母に会いにやってきたものだ。父も祖父母も今は亡く、その実家ももう人手に渡ってしまっているのだが。

湘南は海も山も近く、生活環境も子育てには最適に思えた。

東京を離れた当初は、まだ出産まで猶予があったので、まずは住み込みでできる仕事を探した。大学を中退したので両親の遺産に余裕はあったが、兎惟の出産費用や産後しばらく働けなくなることを考えると、少しでも節約しておきたかったからだ。

祖父母の実家近くにある小さな専売所で、なんとか新聞配達の仕事を見つけて寮に入ることができ、必死で働いた。

幸いにも、由弦はあまり腹部が目立たないタイプだったので、大きめのパーカーなどで身体の線を隠して、妊娠している事実は同僚にも誰にも気づかれることなく、なんとか隠し通せた。

惟久矢に噛み跡をつけられた当初は後悔したが、いいこともあった。

つがいの噛み跡をつけられると、ほかのアルファは由弦に完全に関心を示さなくなったので今までのように男性を警戒せずに済むようになったのだ。

それに定期的にあった発情期もまったく来なくなり、実に快適だった。

どうやらつがいになった相手と離れている間は、発情も収まるらしい。

念のため、抑制剤は飲み続けていたが、これは由弦にとっては本当にありがたかった。

このまま惟久矢と離れていれば、もう永遠に発情期に悩まされることもなくなるのだ。

そのおかげで、由弦は久しぶりに前髪も短く切り、すっきりした気分で新生活を送ることができるようになった。

それはよかったのだが、問題はこれからだ。

出産前後には確実に動けなくなる。

なんとか今のうちに、産後安心して身体を休められる住まいを探しておかなければならない。

オメガは申請すれば手厚い保護を受けられるが、行政の支援を受けて自分の痕跡が残ることを由弦は恐れていた。

もっとも、もう惟久矢はとっくに自分のことなど忘れているだろうから、不要な心配なのかもしれないが。

だが、仕事をしながらでは新居探しはなかなか進まず、次第に焦りが募ってくる。

そんなとある日の夕方、いつものようにバイクで夕刊を配達していた由弦は、ふいに強い目眩を感じた。

運転中、事故を起こしたら大変なので、急いで路肩にバイクを停める。

幸い、配達はあと少しだったので、しばらく休んでからバイクを手で引いてなんとかすべて配り終えた。

すると、気が抜けたのか、そこで動けなくなり、道ばたでうずくまる。

しばらくじっとしていれば収まると、目を瞑《つむ》っていると、

『あなた、具合が悪いの？　顔色が真っ青よ？』

ふいに頭上から影が差し、由弦は冷や汗が噴き出す額をタオルで拭いながら振り返る。

背後から、由弦に日傘を差し掛けてくれていたのは六十代後半くらいの老婦人だった。

『あ……ちょっと目眩がして』

かろうじて、そう答える。

『まぁ、それはいけないわ。夕方になってもこの暑さですものね。そこ、うちの店なの。よかったら少し休んでいって』

と、老婦人が指差したのは、二軒ほど隣にあった保護猫カフェ『猫もふ茶房』だった。

『あ……あのカフェの……』

そこは由弦の配達の担当区域で、老婦人ともたまに会釈を交わす程度の顔見知りだった。

『あら、あなた。いつもうちに新聞を配達してくれている子ね？』

『は、はい』

『さぁ、いらっしゃい』

『え、でも……』

遠慮する由弦を、老婦人は半ば強引にカフェへと案内し、隅の席で休ませてくれた。

冷たい水をもらい、しばらく休むとようやく目眩も治まってきたのでほっとする。

だが、今からこんな調子で果たして大丈夫なのだろうかと、今さらながら出産への不安が募ってきた。

まだ出産までは、三ヶ月近くある。

ギリギリまで働いて、少しでもお金を貯めておかなければ。

そんな必死さが表情に表れていたのか、老婦人が優しく声をかけてくる。

『少し顔色がよくなってきたわね。落ち着いた？』

『はい、おかげさまで。休ませてくださってありがとうございました』

保護猫カフェなので、料金を払おうとしたが、老婦人は笑って受け取ってくれなかった。

それが、沙由里との出会いだったのだ。


後日、手土産を持参して改めてお礼を言いに行ったり、配達で挨拶したりするうちにだんだん親しくなり、由弦は休日になると『猫もふ茶房』に客として顔を出すようになった。

知り合いも友人も誰一人いない土地で、話し相手に飢《う》えていたのかもしれない。

なにより、『猫もふ茶房』にいる猫達は由弦の心を癒《い》やしてくれた。

もともと猫好きだったが、当時はとても自分で飼う余裕などないので、短時間でも猫と遊べる環境は由弦にとって最高の癒やしの空間だった。

そんな、ある日。

『違っていたらごめんなさいね。由弦くん、あなたもしかして妊娠しているんじゃない……？』

ためらいがちな沙由里に、いきなり核心を衝かれ絶句する。

『どうして、それを……？』

『やっぱり。実は私の息子もオメガでね。症状がよく似ていたものだから、心配でしかたがなかったのよ』

聞けば、沙由里の息子は数年前にアルファの男性と結婚して女の子に恵まれ、今はお相手の仕事の都合で家族と共にカナダに海外移住しているらしい。

『遠いからなかなか会えないのだけれど、最近はオンラインで話せるから楽しいのよ』

と、沙由里は孫の成長が楽しみのようだ。

その言葉に救われた気がして、由弦はいつしか沙由里にぽつぽつと出産の不安を語るようになった。

自分の置かれた境遇を理解してくれる彼女は、由弦にとっていつのまにか大切な相談相手となっていったのだ。

『由弦くん、今の仕事を辞めてうちに来なさい』

一人で出産する決意を打ち明けると、沙由里がそう切り出したので、由弦は驚いた。

『え、でも……』

『うちの子は私がいたからなんとかなったけど、たった一人で誰の援助も受けずに出産するなんて無茶よ。なにか事情があって、行政の援助も受けたくないんでしょう?』

『……』

さすがに沙由里にも惟久矢のことは話していなかったのだが、頑なに行政の援助を拒む由弦に、なにかのっぴきならない事情があるのは察してくれているようだった。

『なら、よけいに私を頼りなさい！　出産したら一ヶ月は動けないんだから。その分、元気になったらうちのカフェでバリバリ働いてちょうだいね。期待してるわ』

そう由弦が負担に思わない言い方で、沙由里はてきぱきと話を進めてしまった。

彼女は地元でも有数の資産家の未亡人で、アパートや土地をいくつも所有しているらしく、『猫もふ茶房』もその一つだった。

保護猫カフェは大体が経営が苦しく、善意の寄付やボランティアに頼るところが多いらしいのだが、『猫もふ茶房』もご多分に漏れず赤字で、その大部分は沙由里が負担しているようだ。

カフェ自体が彼女の持ち家なので、家賃がかからないだけでもずいぶんと助かっているだろう。

確かに沙由里の言う通りだったので、由弦は彼女の勧めに従って新聞配達の仕事を辞め、彼女が用意してくれた『猫もふ茶房』近くにあるアパートに引っ越した。

その物件も彼女の所有だったので、家賃も格安にしてもらえて本当にありがたかった。

出産間近までカフェで働かせてもらい、出産の後、一年は慣れない子育てに奮闘し、貯めておいた貯金でやりくりした。

その間も、沙由里は度々アパートを訪れ、差し入れをしてくれたり赤ん坊だった兎惟の面倒を見てくれたりしてくれた。

幸い、無事保育園も見つかったので、兎惟を預けて日中は『猫もふ茶房』で働かせてもらう生活を送るうちに、バタバタと日々は過ぎ、あっという間に兎惟は三歳になっていた。

今、こうして振り返っても、沙由里に出会っていなかったら今頃どうなっていただろうと思うとぞっとする。

彼女との出会いは、由弦にとって本当に幸運なことだった。

沙由里は兎惟を実の孫のように可愛がってくれるので、兎惟も懐いている。

現在、『猫もふ茶房』には由弦のほかに若いスタッフが数人いるが、保育園帰りに寄っても皆優しく兎惟の相手をしてくれるので助かっていた。

すっかり新生活にも馴染み、由弦は愛する我が子と共に平穏でしあわせな日々を過ごしていた。


「ね、今日の夕ご飯はなにがいい？」

「えっとね、チーズハンバーグ！」

保育園の帰りには、近所のスーパーで買い物をするのが日課だ。

兎惟と手を繋いで店内を回りながら聞くと、兎惟が即答する。

「え～また？　兎惟は本当にチーズハンバーグが好きなんだね」

「だってぇ、ゆづたんのチーズハンバーグ、すっごいおいしいんだもん！」

「そっか。じゃ、挽き肉コーナー行こう」

「やった～！」

兎惟が大喜びなので、由弦も嬉しくなる。

子どもを育てる自信など皆無で、ただただ不安しかなかったが、周囲の環境に恵まれたおかげか、親の贔屓目を差し引いても兎惟は素直な優しい子に育っていると思う。

だが、その愛らしい顔立ちは日に日に惟久矢に似てくる。

目許など、彼にそっくりだ。

父親似の兎惟の顔を見る度に、必死に忘れようとしているあの人の記憶がよみがえる。

もう二度と会えない、生涯ただ一度の短い恋をした、あの人に。

「ゆづたん、どぉしたの？」

いつのまにか物思いに耽《ふけ》って立ち止まっていた由弦を、兎惟が不思議そうに見上げている。

「な、なんでもないよ。さ、お会計してこようか」

我に返った由弦は、慌てて兎惟の手を引き、レジへと向かったのだった。


アパートに戻ると、兎惟の相手をしながら急いで夕飯の仕度に取りかかる。

もともと節約のために自炊していたので、料理はそれなりに得意だ。

兎惟が喜ぶので、ハンバーグの付け合わせの人参《にんじん》は型抜きでお花やハートにしてやる。

二人で楽しく夕飯を済ませると、そこから歯磨きにお風呂、湯上がりの兎惟に保湿クリームを塗るまで、それこそ息つく暇もない忙しさだ。

そうしてようやく寝かしつけの時間になり、兎惟と一緒に布団に入る。

兎惟は絵本を読んでもらうのが大好きで、毎晩最低三冊は読み聞かせしないと寝てくれない。

だが、二人で過ごせる貴重な時間なので、由弦もそれを楽しみにしていた。

「ゾウさんはキリンさんに言いました。『あっちでリンゴが木になっていたよ』、するとキリンさんも喜びました……」

今日は保育園でよく外遊びをしたらしく、二冊目で兎惟がうとうとし出す。

「もうねんねしよっか？」

「う〜ん、もうちょっとぉ……」

眠いので、兎惟は由弦の胸にしがみついて甘えてくる。

「ゆづたん、いつもの、して」

「はいはい」

そう催促され、由弦は兎惟の髪を優しく撫でた。

「兎惟、きみは俺の大事な大事な宝物だよ」

そっと囁き、可愛いおでこにキスをする。

それは毎晩由弦が欠かさず行う儀式のようなものだ。

言葉に出して愛情を伝えていれば、いつか兎惟が大きくなり、なにかで自信を失ってしまった時の心のよりどころになるのではないかと思ったからだ。

ただの自己満足かもしれないが、由弦は兎惟がこの世に生を受けたその日から、ずっとそれを続けてきた。

兎惟も照れながらもえへへ、と嬉しそうなので、由弦もつられて笑顔になる。

「ゆづたん、だぁいすき……」

そう囁き、すぐくぅくぅと心地よさそうな寝息を立て始めた兎惟を、由弦は枕元のライトの下で飽きることなく見つめる。

世界で一番大切な、宝物。

兎惟のためなら命を投げ出すことも厭《いと》わないし、この子を守るためならなんだってする。

兎惟を授かり、由弦は自分が強くなったと感じていた。

妊娠がわかった当時はひたすら困惑しかなかったが、今は兎惟を授かったことになにより感謝したかった。

――父親がいない分も、この子は俺が何倍も愛して大切に育てます。

天国の父達も、きっと見守ってくれているに違いない。

心の中でそう誓い、由弦も兎惟の体温を感じながらしあわせな眠りに引き込まれていった。


翌朝、慌ただしく兎惟に朝食を食べさせ、仕度をして保育園へと送り届けてカフェへ出勤する。

朝は本当にいつもバタバタで、今日もなんとか間に合った、と自転車でカフェへ到着するとほっとする。

「おはようございます」

中へ入り、そう挨拶すると、沙由里が待ち構えていた様子で声をかけてきた。

「由弦くん、おはよう。新入りさんが来たわよ」

「え、本当ですか？」

「ええ、すごく綺麗な子」

現在、『猫もふ茶房』で里親を待っている子達は約二十匹。

それぞれ捨てられたり、元の飼い主が高齢で施設に入るため飼えなくなったり、などさまざまな事情がある。

行き場を失った子達が、こうして日々沙由里が代表を務めているＮＰＯ法人の保護センターにやってくるのだ。

センターに保護された子には、まずは体重測定や健康状態のチェック、月齢に合わせたケアを行い、必要最低限の躾もする。

虐待などでトラウマを抱えた子は、落ち着くまで様子を見ることもある。

必要なワクチン接種に、不妊去勢手術など一通り終わって、ようやく『猫もふ茶房』で客と接することができるのだ。

猫の世話をするバックルームを覗いてみると、サークルの中に一匹の白猫がいた。

「え……？」

その姿を見て、由弦は驚きのあまり言葉を失う。

全身真っ白で、優美でしなやかな体軀に、二股に分かれた尻尾。

その猫は、四年前惟久矢との思い出があるあの白猫に瓜二つだったのだ。

「近所の迷い猫らしくて、しばらくセンターで預かっていたんだけど、飼い主が見つからなかったんですって。避妊手術済みの男の子だから、一度は人に飼われていたと思うんだけど」

沙由里の話では、白血病や猫エイズの検査も陰性で、ここでの環境に慣らした後、里親を探すために店に出す予定だという。

「由弦くん、どうかした？」

「い、いいえ、知ってる子にそっくりだったもので」

そう答えつつも、そんなことはあり得ないと否定する。

都内からここまで、車でも一時間はかかる。

猫の足では、到底移動できる距離ではない。

――他人……じゃなかった、他猫のそら似、だよね……？

それにしては、分かれた尻尾の形まで同じというのが気になるのだが。

「ふふ、この子、尻尾が二股に分かれていて、猫又《ねこまた》なのかしらね」

白猫に水をやりながら、沙由里が言う。

「猫又？」

「猫は長い年月生きると、猫又っていう妖怪になるんですって。そうすると尻尾が二股に分かれて不思議な力が使えるようになるそうよ」

「……そうなんですか」

猫又になると、なんでも人間の言葉が理解できるようになったり、人間に化けたりすることもできるらしい。

猫又なら、都内から湘南まで移動できるのだろうか、などとつい馬鹿な想像をしてしまう。

「なんてね。でも二股に分かれた尻尾の子は珍しいから、見かけると幸運の猫って言われるんですって。この子もきっとすぐ里親が見つかるわね」

新入りの白猫は、沙由里によって『しらたま』と名づけられた。


ところが。

すぐ引き取り手が決まると思っていたしらたまは、予想に反してなかなか話がまとまらなかった。

しらたまを気に入った里親希望者からは何組も申し込みがあったのだが、肝心のしらたまの威嚇がひどく、とりつくしまがなかったのだ。

里親希望者が見つかると、まずはトライアルといって一〜二週間ほどお試しで里親の家で暮らして慣れさせるのが通常なのだが、その気配を察すると、しらたまは頑としてキャリーバッグに入らない。

トライアルに連れ出そうとしても抵抗が激しいので、皆『そんなにいやがっているなら、かわいそうだから……』とあきらめてしまうのだ。

「あらあら、困ったわね。気性が激しい子なのかしら。普段はこんなに大人しいのに。里親のトライアルになると大暴れって、まるでここにずっといたいみたいね」

困り果てた沙由里が、そんなことを言う。

――ますます似てる。ツンデレ女王様気質なところまで、あの子にそっくりだ……。

さらに疑惑が深まり、思わずじっとしらたまを見つめてしまう。

すると、そんな由弦の思いを知ってか知らでか、カフェのキャットタワーで優雅に寛《くつろ》いでいるしらたまは、ふん、とそっぽを向いた。

「しょうがないわね。しらたまが納得する里親が見つかるまで、気長に待ちましょう」


それからしばらくした、ある日。

由弦はいつものように夕方カフェを退勤し、保育園へと兎惟を迎えに行った。

その日はスーパーの特売日で野菜が安かったので、エコバッグはキャベツや大根でパンパンだ。

荷物を前カゴに詰め込み、兎惟を後ろの補助席に乗せて、さぁ帰ろうとした時、スマホが鳴る。

見ると、沙由里からだった。

「はい、どうしました？」

『ああ、由弦くん、大変なの。しらたまが急にいなくなってしまって』

と、電話越しの沙由里の声は動揺しきっている。

「え、しらたまが⁉　でもカフェの出入りはあんなにいつも気をつけてるのに」

『猫もふ茶房』では、猫達の安全のため、外へ出られないようあれこれ何重にも対策が施されている。

今まで外に逃げ出したという話は一度も聞いたことがなかったので、由弦も驚いた。

『そうなの。どう考えても外に出られるわけがないんだけど、どこを探してもいないのよ』

「じゃあ、近くにいるかもしれないから、俺近所を探してみます」

『ごめんなさいね、助かるわ』

また連絡すると電話を切ると、兎惟にも「しらたまがいなくなって捜さないと」と伝える。

「え、しらたま、まいごになっちゃったの？　みつけてあげなきゃ！　きっとさびしがってるよ」

兎惟はしらたまが大好きなので、一も二もなく捜索に協力してくれる。

「じゃ、まず公園の方を捜してみよう」

自転車に乗った由弦は、ゆっくり走りながら周囲を見回すが、猫の姿はない。

周囲は暗くなってきているので捜索は難しいが、しらたまの白い毛並みならかろうじて目立つのではないかと一縷《いちる》の望みを抱く。

「しらたま〜！　どこにいるの？」

「へんじして〜！」

近所迷惑にならないように小声で名を呼びながらあちこち捜すが、見つからない。

近くには兎惟がよく遊びに行く総合公園があり、そこへ着くと由弦は自転車を停め、兎惟の手を引いて園内の茂みを捜し始めた。

猫はこういうところに隠れるのが好きだからだ。

これも『猫もふ茶房』で働き始めてから、沙由里に教わったことだった。

「しらたま！」

「どこ？」

兎惟も一生懸命捜してくれて、小さい歩幅でトテトテと公園内を走り回る。

「兎惟、転ばないように気をつけてね」

「うん、だいじょ〜ぶ！」

そう言った矢先に、兎惟は小石につまずき、転びかける。

「危ない……！」

思わず由弦が声を上げると、ふいに近くの木陰から人影が現れ、兎惟が転ぶ寸前に抱き留めてくれた。

「兎惟……!!」

慌てて駆け寄り、「うちの子が、すみません。ありがとうございま……」とお礼を言いかけ、由弦は言葉を失う。

兎惟を右腕で抱き留めてくれた、そのスーツ姿の男性は……。

「……惟久矢、さん……？」

八重樫惟久矢。

この四年間、忘れたくても忘れられなかった、その端正な面差し。

見間違いかと何度も目を瞬かせるが、惟久矢もじっと由弦を見つめている。

「……どうして、ここに……？」

「この四年、ずっときみを捜し続けていた」

そう、惟久矢が穏やかな声音で告げてくる。

声まで聞こえるということは、やはり幻覚ではない。

なぜ四年近くも経って、今さらこの人は自分の心を掻き乱しに現れたのか……？

頭の中が混乱し、由弦はその場に立ち尽くす。

すると、その時。

「あ！　しらたまだ！」

兎惟の声で我に返ると、なんとしらたまが優雅な足取りで彼らの前にやってきた。

「しらたま、みんなしんぱいしたんだよ？　だまっていなくなったら、メッだよ？」

兎惟が駆け寄ってそう話しかけながら、しらたまの背中を撫でる。

すると悪びれた様子もなく、しらたまは『出迎えご苦労』とでも言いたげに、にゃあん、と鳴いた。

「そうだ。きみのところへ向かう途中だったんだが、あの公園の君にそっくりな子を見つけて、思わず後を追ってきたんだよ」

惟久矢が、しらたまを見ながら告げる。

――惟久矢さんも、そう思ったんだ……。

やはりしらたまが、あの公園にいた白猫によく似ているのは確かなようだ。

だが、今はそれどころではなかった。

「しらたまが見つかったことだし、帰るよ、兎惟」

しらたまを抱き上げ、兎惟の手を引いて自転車を停めた場所に戻ろうとする。

すると、

「待ってくれ。話もさせてくれないのか？」

惟久矢に追い縋《すが》られ、由弦はぎゅっと唇を噛む。

「……お話しすることは、なにもありません。お引き取りください」

「由弦くん……」

すると、二人を交互に見上げていた兎惟が、人懐っこく惟久矢に話しかけた。

「おじさん、ゆづたんのおともだち？」

「兎惟っ……」

違う、と由弦が否定するより先に、惟久矢がその場にしゃがみ、兎惟と目線を合わせる。

「そうだよ。由弦くんのお友達で、東京から会いに来たんだ」

「そうなんだ〜。そしたら、ういのおうちにくる？」

「兎惟！」

思わず、兎惟と惟久矢の間に割って入る。

すると、なにを思ったのか、惟久矢は由弦が抱いていたしらたまに向かって両手を差し伸べた。

が、しらたまはツンとそっぽを向き、完全拒否の構えだ。

「やっぱりか……私はつくづく猫に好かれない性質なのかな」

そうぼやいた惟久矢は、由弦に向かって告げる。

「わかった、それじゃこうしよう。しらたま……と名づけられたんだね、この子は私に抱っこされたくない。そうなると自転車の前カゴで運ぶのが最善だと思うが、そこにはスーパーの荷物が入っている。詰まるところ、私がその荷物を運ぶのはどうかな？」

「……」

惟久矢の言う通り、確かに兎惟を後部座席に乗せ、しらたまと荷物を同時に運ぶのは無理だったので、由弦は沈黙する。

が、由弦が返事をする前に、惟久矢はさっさと野菜がぎっしり詰まったエコバッグを手に提げて歩き出してしまった。

「おじさん、まって〜」

普段大人の男性に対しては人見知りの強い兎惟が、なぜか惟久矢には興味津々で、自転車にも乗らず走って彼の後をついていってしまう。

やむなく由弦も前カゴにしらたまを乗せ、自転車を押して二人を追いかける。

「兎惟くんは何歳だ？」

「えっとね、さんさい！」

惟久矢と並んで歩きながら兎惟は小さな右手で指を三本立てて見せた。

「そうか、ちゃんと言えて偉いな。おじさんの名前は惟久矢だ。友達になってくれるかい？」

「うん、いいよ！」

道中、二人の会話を聞きながら、由弦は気が気ではない。

もし兎惟が、彼の子だと知られてしまったらどうしよう？

そればかり考えてしまい、内心血の気が引く思いだ。

「しらたまを送り届けるので、寄り道します」

兎惟と惟久矢を話させたくなくて、しかたなくそう声をかけると、惟久矢が振り返る。

「わかった。きみの勤務先の『猫もふ茶房』だね？」

「……」

やはり、自分の現在の住所や勤務先は既に調べられているようだ。

だがいったい、なんのために……？

いやな予感がして、胸が不安でざわめく。

動揺を隠せないまま、『猫もふ茶房』まで戻った由弦は無事沙由里にしらたまを返した。

「もう、心配したのよ？　本当に、いったいどうやって外へ出たのかしら」

と、しらたまを受け取った沙由里も首を捻《ひね》っている。

店内へ入ると、兎惟は沙由里と共にしらたまに餌《えさ》をやり始めたので、由弦はその隙に惟久矢を促し、こっそりカフェの外へ出た。

ところがこちらから切り出すより先に、惟久矢が頭を下げる。

「今日は、急に訪ねてきてすまなかった」

「……お願いですから、もうここへは来ないでください」

二人きりになると、緊張して惟久矢の顔が見られない。

由弦が頑なにうつむいていると、頭上から惟久矢の声がした。

「ずっときみを捜し続けていたよ。なぜあの夜、黙って帰ってしまったんだ？」

四年前のあの日、彼の母親の蔑《さげす》んだ眼差しが今でも脳裏にこびりついていて、由弦は無意識のうちに拳を握りしめる。

だが、それは彼には言えなかった。

息子のためを思う、彼の母親の選択は、正しかったのだろうから。

「電話にも出てくれないから連絡の方法がなくて、不躾だとは思ったが、何度もアパートに手紙を残した」

「……」

知っている。

彼の残した手紙は、未練がましいと思いつつも捨てられず、押し入れの隅にしまい込んでいた。

「あの後すぐ、ニューヨークへ海外赴任になって、一日でも早く日本へ帰国するために必死で仕事をこなした。最初の休暇の時に、勇んで会いに戻ったが、きみは既に引っ越して行方がわからなくなった後だった」

「……」

「この四年の間に、何度か短期で帰国した時にもきみの行方を捜したが、時間が足りなかった。そして先月、ようやく東京本社に戻ってきたんだ」

惟久矢の話では、今まで複数の探偵に依頼し、由弦の消息を辿っていたのだという。

「あの日から、ずっときみを捜していた。再会できたのは運命だ」

真剣な惟久矢の言葉に、由弦はびくりと反応する。

心を掻き乱されてはいけない。

もうこの人のことは忘れると、決めたのだから。

「……あれは一夜の気の迷いだし、とうに昔の話です」

そう突っぱねるが、

「私が、そんな軽々しい気持ちで、きみにつがいの印を刻んだと思っているのか……？」

悲しげに言われ、由弦はびくりと反応する。

そして、無意識のうちにうなじに手をやって隠した。

——惟久矢さんが俺を求めるのは、アルファの本能だからだ。

自分がオメガでなかったら、きっとこうはならなかった。

だって彼は、自分のことなどまだなにも知らないのだから。

「……帰ってください、今の俺には、あなたと話すことはなにもありません」

かろうじてそれだけ告げ、急いで店内にいる兎惟に声をかける。

「兎惟、もう帰るよ」

「は～い」

とりあえず、もう時間も遅かったので沙由里に帰る旨を伝え、そのまま自宅へ向かった。

惟久矢を連れていくのは抵抗があったが、勤務先まで知られているならば当然アパートも知られているだろうとあきらめる。

自転車を押したままアパート前まで一緒に歩くと、由弦は「それじゃ、失礼します」と硬い表情で会釈した。

「いくたん、またくる？」

いつのまにか勝手に渾名《あだな》までつけてしまい、兎惟は愛らしく小首を傾げる。

この可愛さ全開ポーズに勝てる大人など存在しないことをよく知っている由弦は、内心ハラハラしっぱなしだ。

「兎惟、惟久矢さんは忙しいんだ。無理言っちゃいけないよ」

慌てて、そう予防線を張ろうとするが、

「そんなことはない、きっとまた来るよ。そしたら遊んでくれるかい？」

「うん、いいよ！　じゃ、やくそく！」

と、兎惟は右手の小指を差し出す。

二人が楽しげに指切りげんまんするのを、由弦は複雑な心境で見守るしかなかった。


そして、翌々日。

「宅配便で〜す」

『猫もふ茶房』に大量の荷物が届き、ちょっとした騒ぎになった。

積み上げられた段ボール箱の中身を確認すると、ペットシートや猫砂、月齢別の数種類のキャットフード、猫用オモチャなどだ。

差出人の名が惟久矢であることを確認すると、由弦は思わず片手で額を押さえる。

「まぁ、こんなに寄付してくださるなんて、本当にありがたいことね」

なにも知らない沙由里は、大喜びだ。

「この方、一昨日いらしたイケメンさんですよね？　由弦さんのお知り合いなんですか？」

その時店に居合わせたスタッフの女性に悪気なく聞かれ、由弦は動揺する。

「え、ええ……以前働いていた会社関係の方で」

なんとか、そうお茶を濁す。

「由弦くんからも、くれぐれもお礼を言っておいてちょうだいね」

「……わかりました」


その週末。

惟久矢は夕方になって店が落ち着いた頃に再びやってきた。

先日は仕事帰りだったのかスーツ姿だったが、今日は休日のせいか私服のジャケットにチノパン姿だ。

三十を少し過ぎ、四年前よりさらに精悍《せいかん》な大人の男性になった気がする。

いずれにしても惚れ惚れしてしまうほどの男ぶりで、つい見とれてしまってからはっと我に返り、慌てて視線を逸らす。

「あ、いくたんだ！」

すると、バックルームにいた兎惟が惟久矢に気づいて飛び出してきた。

普段、月曜から土曜は保育園で夕方六時まで兎惟を預かってもらっていて、由弦の休みは実質日曜だけだ。

むろんカフェは営業していて、忙しい日曜に休ませてもらうのは兎惟の面倒を見なければいけないからなのだが、それでも人手が足りない時は、こうして兎惟も連れて手伝いに来ることもあった。

それに週末はカフェだけでなく、保護猫ボランティアの仕事もあるので、そちらも兎惟と一緒に参加できるものには極力参加するようにしていた。

――惟久矢さん、いったいどういうつもりなんだろう……。

本能的に警戒した由弦は、兎惟と惟久矢を会わせたくなかったのだが、そんなことはお構いなしに惟久矢は兎惟に話しかける。

「やぁ、約束通り兎惟くんに会いに来たよ。遊んでくれるかな？」

「いいよ、あそぼ！」

「う、兎惟、駄目だよ」

慌てて止めるが、兎惟は惟久矢の長い足にしがみつき、ハイテンションだ。

子どもはこうなってしまうと、もうどうにも止められない。

そこへ、沙由里もやってきた。

「まぁ、八重樫さんいらっしゃい。先日はたくさんのご寄付をありがとうございました」

「いえ、ほんの気持ちなのでお気になさらず。今日は客として寄らせていただきました」

と、惟久矢は好感度の高い笑顔でそう挨拶する。

「猫、お好きなんですか？」

「ええ、実は意中の相手がこちらのカフェにおりまして」

惟久矢の言葉に、なにを言い出すのかと由弦は内心焦るが、彼はキャットタワーの上で優雅に寛いでいるしらたまを振り返る。

「実は、あの子の里親になりたいんです」

「まぁ、しらたまの。でもあの子はちょっと気難しくて、今までもなかなか話がまとまらなかったんですよ」

沙由里が言うと、惟久矢は頷く。

「わかります。これからしばらくこちらに通わせていただいて、信頼関係が築けるよう努力したいと思っておりますので、よろしくお願いします」

「こちらこそ。よかったわね、しらたま」

沙由里が声をかけるが、しらたまは我関せずとばかりに知らん顔だ。

「由弦くんも、八重樫さんのサポートをしてあげてね」

「は、はい……わかりました」

こうして、着々と外堀から埋められていきそうで、前途多難だ。

すっかり喜んでいる沙由里の手前、なにも言えなくて、由弦はやむなく了承するしかなかった。


それから惟久矢は二時間ほどカフェに滞在し、その間兎惟と遊んでくれた。

どの客にも、はたまた店のスタッフにも基本塩対応のしらたまなのだが、なぜか兎惟にだけは懐いていて、膝の上で寝たり抱っこさせてくれたりする。

そんな兎惟と一緒に、惟久矢もしらたまを構おうとするが、すげなく無視され困り顔だ。

「やれやれ、一筋縄ではいかないな」

「だいじょぶだよ。しらたまが、いくたんのおうちのこになれるように、ういもおてつだいするからね！」

と、兎惟は大張り切りだ。

――参ったな……どうしよう……。

この分では、惟久矢はしらたまにかこつけて、ここに入り浸るつもりだろう。

なんとかしなければ。

由弦は意を決し、「ちょっといいですか」と惟久矢を店の外へ連れ出す。

「……こういうの、本当に、困るんです」

再び、もう自分達に関わらないでほしいと告げようとしたが、それを惟久矢に制される。

「誤解だ。私はしらたまを真剣に家族として迎えたいだけなんだよ」

「……え？」

「もう会社近くの公園には現れなくなってしまって、やはり私には、どうしてもしらたまがあの公園の君に思えてしかたないんだ。ここで再会できたのもなにかの縁だ。ぜひ、しらたまの里親になりたい。由弦くんも協力してくれるかい？」

そう語る惟久矢の表情は真剣そのもので、由弦は困惑する。

――あれ、もしかして俺の自意識過剰だった……？　そうだよな、俺にそこまでする魅力なんてあるわけないんだし。

自意識過剰だったと気づくと、恥ずかしさのあまりその場に穴を掘って埋まりたい気分になる。

なんとか平静を取り戻すと、確かにしらたまにいい里親を見つけるのも自分の仕事だと言い聞かせた。

「……わかりました。そういうことでしたら、協力させていただきます」

「本当かい？　ありがとう、由弦くん。私もしらたまに認めてもらえるよう頑張るよ」

そうにっこりした惟久矢の笑顔に、ドクンと鼓動が高鳴る。

――駄目だ、もう彼のことは思い出にしたつもりだったのに。

こうして顔を合わせてしまうと、一気に時が四年前のあの日に引き戻されてしまう。

だが、この感情は完全に葬り去らなければ。

惟久矢だって、もうなんとも思っていないことがわかったのだから。

が、結局情報交換の名目で惟久矢に携帯電話の番号やメールアドレスなども教えなければならなくなり、今後も彼と関わらなければいけなくなったことに、由弦は一抹の不安を抱いていた。

それから惟久矢は、ほぼ毎週末『猫もふ茶房』に通ってくるようになった。

いつも夕方にやってきて、二時間ほど滞在し、しらたまにつれなくされてもめげずにオモチャでご機嫌を取っている。

そして、土曜に由弦が兎惟のお迎えの時間で仕事を上がると、彼も帰り仕度をするのだ。

その日、たまたま雨がぱらついてきたが、天気予報では降らないことになっていたので由弦は兎惟のレインコートをアパートに忘れてきてしまった。

やむなくいったんアパートに戻って取ってこようとすると、会計を済ませた惟久矢が「車だから迎えに行くよ」と申し出る。

「とんでもない、お客様にそんなことさせられません」

あくまであなたと私は客と店員の関係なのだと強調して固辞したが、その押し問答を聞いていた沙由里が口を挟んでくる。

「あら、本降りになってきたわよ。自転車でお迎えに行くのも大変だから、お言葉に甘えさせていただいたら？　自転車はうちに置いていっていいから」

まったく悪気なく言われてしまい、事情を話せない由弦は孤立無援状態だ。

「でも……そ、そうだ。惟久矢さんの車にはチャイルドシートがないですから」

うまい断り文句を思いついたと思ったが、

「こんな機会もあるかもしれないと思って、用意してきたよ」と惟久矢がさらりと告げる。

「え……チャイルドシート、わざわざ買ったんですか……？」

「いや、ちょうど知人のところのお子さんがもう大きくなっていらなくなったと聞いたんで、譲ってもらったんだ。たまたま、まだトランクに積んだままだったのでちょうどよかった」

そう言いながら、惟久矢はカフェ近くの駐車場でトランクからチャイルドシートを取り出す。

ちらりと確認したが、どう見てもそれは新品で、わざわざ兎惟のために買ったとしか思えない。

——でも、どうしてそこまで……？

惟久矢の意図がわからず、由弦は困惑したが、結局根負けし、彼の車で保育園へ迎えに行くことになってしまう。

「あ、ゆづたんといくたん！」

兎惟は惟久矢に気づくと、一目散にその長い足に抱きついてくる。

「どうしたの？　ういのこと、おむかえにきてくれたの？」

「ああ、そうだよ」

「わぁ、おっきいくるま！」

車と電車が大好きな兎惟は、惟久矢の高級外国車にもう大喜びだ。

保育園のお友達とさよならし、店から借りてきた傘を畳んだ由弦は兎惟をチャイルドシートに乗せ、自分も隣の後部座席に乗り込む。

このままアパートへ戻るのかと思っていたら、ふいに惟久矢がバックミラー越しに話しかけてきた。

「少しだけドライブして帰ろうか？」

「ドライブ？　いきたい！」

兎惟が大きな瞳を輝かせたので、由弦は慌てて割って入る。

「惟久矢さん、困ります」

「なに、アパートまでの帰り道に少し遠回りするだけだよ。せっかくだから海沿いを走ろうか」

「わ〜い、ドライブうれしいな！」

「……」

普段車など滅多に乗ったことがない兎惟は大はしゃぎで、窓からの景色にもう釘づけだ。

「ああ、雨の降りが強くて車内からはよく見えないな。お天気がいい日に海を見に行こうか？」

「ほんとに？　いきたい！　ういね、うみだ〜いすき！」

その言葉に、焦って止めようとした由弦はギクリとする。

日々、生活することに精一杯で、日曜も溜まった家事や雑事に追われてなかなか兎惟を遠出に連れていってあげられない。

そのことに思い至ったのだ。

いつも遊びに行くのは近くの公園くらいで、こんなに近くに住んでいるのに最近は海にも久しく行っていなかった。

——俺は兎惟に、寂しい思いをさせてるんだ……。

そう気づくと、己の至らなさに落ち込んでしまう。

「よし、それじゃ明日の日曜は晴れみたいだから、海に行って三人で遊ぼう」

「やった〜！　ゆづたん、たのしみだね。ゆづたんもうみ、すきだもんね！」

「兎惟……」

自分では精一杯やっているつもりだったが、やはり一人親ということで兎惟にいろいろ我慢させていたのかもしれない。

そう思うと、なにも言えなかった。

そのことに気落ちしていると、バックミラー越しに惟久矢が声をかけてくる。

「明日は私が兎惟くんの相手をするから、由弦くんもたまにはのんびりするといい。一人で子育ては大変だからね」

「惟久矢さん……」

お願いだから、そんなに優しくしないでほしい。

心がまた、さざ波のように揺れてしまうから。

結局断りきれなくて、明日の日曜は海に行くことになってしまった。

アパートの前まで二人を送り届けると、惟久矢はあっさり東京へ帰っていった。

「あした、たのしみだね。うみうみ！」

こんなに楽しみにしてしまっている兎惟に、今さら駄目だなんてとても言えない。

——一度だけ、一度だけだから。

もうこういうことはなしにしてもらいたい、とちゃんと伝えなければ。

そう心に決め、由弦は急いで夕飯の仕度に取りかかった。

そして、翌朝。

惟久矢は約束通り、朝の十時に再び迎えにやってきた。

「いくたん、おはよ！」

お気に入りの麦わら帽子を被り、ご機嫌の兎惟は、惟久矢におはようの挨拶をしながら抱きついた。

「おはよう、今日はいい天気でよかった」

「……そうですね」

大きめの保冷バッグを提げた由弦は、ぺこりと会釈するが表情は硬いままだ。

意識して距離感を保たなければ、また彼に心惹かれてしまいそうでそれが怖かった。

三人は惟久矢の車に乗り込み、湘南の海へ向かう。

初夏とはいえ、まだ泳ぐには少し早い時期だったので、休日だったが浜辺に人は少なかった。

「空いていてよかった。兎惟くん、今日はなにして遊ぶ？」

「んっとね、えっとね……おにごっこ！」

「よし、じゃあいくたんが鬼だぞ。逃げろ～！」

「きゃ～っ！」

大仰に追いかけるが、なかなか追いつかない演技をし、兎惟が油断したところで軽々と抱え上げる。

そのまま左右に振り回してやると、兎惟がきゃっきゃと声を上げて喜んでいる。

惟久矢は子どもの相手をするのが上手で、とても独身とは思えないほどだった。

出番はなさそうなので、由弦は持参してきたレジャーシートを広げ、楽しそうに遊ぶ二人の姿を眺める。

だって、自分も参加してしまったら、まるで三人家族のようではないか。

それはまずいよ、とその想像に一人ドギマギしてしまう。

だが、海風は心地よく、久しぶりにのんびりした気分は悪くなかった。

ワンオペ育児には慣れているが、大人がもう一人いるといないとでは、精神的なゆとりがまるで違う。

惟久矢の強引さには困惑している由弦だったが、その点についてはひそかに感謝した。

やがて昼近くなったので、はしゃぎ回っている二人に声をかける。

「そろそろおなか空かない？　お昼にしましょうか」

ガソリン代を出すと言っても惟久矢が受け取ってくれないと困るので、せめてランチくらいは早起きして作ってきたのだ。

「お口に合うかわかりませんが、よかったら」

と、由弦は用意してきたランチボックスを保冷バッグから取り出す。

中身は、兎惟の大好物の卵焼きにソーセージ、ブロッコリー炒めなどのおかずに、小さいハン

バーグとレタスを市販のロールパンに挟んだミニハンバーガーだ。

惟久矢がどれくらい食べるのかわからなかったので、とりあえず多めに作ってきた。

「すみません、子ども向けのものばかりで……」

そう恐縮するが、惟久矢は「いや、とてもおいしそうだ。ありがとう、嬉しいよ」と喜んでくれる。

いただきます、と三人で挨拶し、食べ始めた。

「ゆづたんのおべんと、おいしいね！」

「ああ、すごくおいしい」

と、兎惟と惟久矢は顔を見合わせ、にこにこしながらミニハンバーガーを頬張っている。

そういえば、惟久矢と一緒に食事をするのは初めてだ。

食べる所作も綺麗で品があるんだな、などとこっそり見つめてしまう。

そう、自分は彼のことをなにも知らない。

たった数時間、一夜を共にしただけの関係だ。

惟久矢だって自分のことはなにも知らないはずなのに、なぜこんなに距離を詰めてくるのだろう……？

彼ほどの人ならば、ほかにいくらでもつがいたいオメガが集まってくるはずだ。

そこが由弦にはわからなかった。

楽しくお喋りしながら食べているうちに、いつのまにか兎惟は惟久矢の膝の上に座らせてもらっている。

――人見知りが激しい兎惟が、大人の男の人にこんなに懐くのは珍しいな……。

兎惟があまりに違和感なく惟久矢に接しているので、もしかして、自分の父親だと本能的に感じ取っているのではないだろうか？　とついそんなことを考えてしまう。

「ほら、慌てないで、よく噛んでね」

魔法瓶に詰めてきた麦茶を兎惟に飲ませながら、由弦は複雑な心境だった。

ランチを食べてのんびりした後も、惟久矢は子ども慣れしていないだろうに全力で兎惟と遊んでくれた。

一緒に貝殻《かいがら》を拾ったり、靴を脱いで足だけ海に浸かったり。

初めは波を怖がっていた兎惟も、惟久矢に手を引かれて波打ち際に足を浸すと、すぐに慣れる。

「よし、砂のお城を作ろう！」

そう宣言して惟久矢が真剣に作った砂の城はかなりのクオリティで、由弦は思わず写真を撮ってしまった。

「二人とも、こっち向いて」

惟久矢に肩車をしてもらった兎惟は、満面の笑顔で由弦に手を振ってくる。

すると惟久矢も真似をして同じポーズをしてきたので、由弦はスマホを構えながらつい笑ってしまった。

ふと気づくと、兎惟と同じくらい楽しんでいる自分がいて。

由弦は複雑な気分だった。

こうしてさんざん遊んで夕方になると、さすがに疲れたのか、兎惟は帰りの車に乗るとすぐ眠ってしまった。

アパートの前に着いても一向に起きる気配がない。

「兎惟、着いたよ。起きて」

由弦が起こそうとしたが、それを惟久矢が止める。

「せっかく気持ちよく眠っているんだ、起こすのはかわいそうだ。このまま私が部屋まで運ぶよ」

「え、でも……」

ためらっているうちに、惟久矢は兎惟をチャイルドシートから降ろし、軽々と抱き上げた。

「部屋は？」

「……突き当たりの、一〇一号室です」

由弦は急いで先に廊下を走り、部屋の鍵を開けて惟久矢を迎え入れる。

「お邪魔します」

靴を脱ぎ、律儀にそう挨拶すると、惟久矢は兎惟を抱いたまま室内へ入った。

由弦が沙由里から借りているのは、六畳と八畳の２ＤＫだ。

なるべく家賃が安い部屋をと頼んだので、自分達の質素な暮らしぶりを惟久矢に見られるのはいたたまれなかった。

「ちょっと待ってください」

寝室として使っている六畳間の襖《ふすま》を開け、急いで布団を敷く。

惟久矢はその上に優しく兎惟を寝かせてくれた。

「まったく起きないな」

「全力で遊んでましたからね。電池切れです」

小声でそんな会話を交わし、そっと寝室の襖を閉める。

その時、惟久矢が居間の窓際に飾ってあった写真立てに気づいた。

「これは……きみのご両親かい？」

「ええ、俺の両親はアルファとオメガの男性だったので」

それは、まだアルファの父が生きていた頃、キャンプに行った時の写真で、父達が左右から小学生だった由弦に頬擦りしながら三人で自撮りした写真だった。

家族全員、弾けるような笑顔が気に入っていて、由弦はその写真をずっと大切にしていた。

「素敵なご両親だ。きみは愛されて育ったんだな。今はどちらに？」

てっきり健在だと思ったのだろう。

惟久矢がそう言いかけ、写真立ての後ろに位牌が二つ並んで飾ってあるのに気づき、悪いことを聞いてしまったという表情になったので、由弦は慌ててフォローした。

「もう、何年も前のことなので、気を遣わないでください。父達は……とてもしあわせだったと思うので」

「そうか……」

惟久矢が短く言い、室内に沈黙が落ちる。

「それじゃ、これで。今日は楽しかったよ」

用事が済むと手持ち無沙汰だったのか、惟久矢が玄関に向かおうとした。

「……こちらこそ、一日兎惟の面倒を見ていただいてしまって。いろいろありがとうございました」

さんざん世話になっておきながら、このまま茶の一杯も出さずに彼を帰すのは、あまりに常識知らずではないだろうか。

多少良心の呵責《かしゃく》に苛まれた由弦は、迷う。

――警戒なんかしなくても、惟久矢さんはもう俺のことなんかなんとも思ってないんだし、自意識過剰って笑われるよね。

そう考え、「あの、よかったらコーヒーでもいかがですか?」と切り出す。

「え、いいのかい?」

「お疲れのまま東京まで運転して、事故でも起こしたら大変なので。インスタントしかないけど、いいですか?」

「由弦くんが淹れてくれるなら、どんな最高級ブレンドより嬉しいよ」

さらりとそんなことを言われ、かっと頬が熱くなる。

動揺を誤魔化すため、狭いキッチンで湯を沸かし、急いで二人分のコーヒーを淹れた。

いつも兎惟と食事をしている小さな丸テーブルの前に、大柄な惟久矢が座っているとテーブルがさらに小さく見えてしまう。

「どうぞ」

マグカップのコーヒーを差し出すと、惟久矢はありがとうと礼を言い、一口飲んだ。

沈黙が、多少気まずい。

兎惟がいないと、なにを話していいかわからず途方に暮れる。

なにか話題を、探さなくては。

「し、しらたま、相変わらずのツンデレさんで困っちゃいますよね。でも、今までもどんな里親候補が現れてもあの調子なんです。そのうちきっと……」

「由弦くん」

由弦の言葉を静かに遮った惟久矢は、ひどく真剣な表情でじっと瞳を見つめてくる。

「今日一日、一緒に過ごして確信したよ。兎惟くんは……私の子、だね？」

不意打ちで核心を衝かれ、どくん、と鼓動が高鳴る。

「……はは、いきなりなに言い出すんですか。違いますよ。そんなこと、あるわけないじゃないですか」

「嘘はつかないでくれ。目許なんか、私にそっくりだ。時期的にも計算は合う」

「……」

痛いところを衝かれ、由弦は沈黙するしかない。

「それに、兎惟くんの名前の惟は、私の……」

「ただの偶然です」

食い気味に否定すると、頑なな由弦に惟久矢が困ったように眉をひそめる。

「あ、相手は亡くなりましたが、俺は別の相手と結婚して兎惟を授かったんです。惟久矢さんは関係ありません」

そう言い張るが、惟久矢はぐるりと居間を見回す。

「もしそうだとしたら、部屋にその人の遺影が飾ってないのも、位牌がないのも不自然だ。ご両親のご位牌と写真はあるのに」

「……」

しまった、やはりボロが出るから惟久矢を部屋に入れるべきではなかった。

そう後悔したが、あとのまつりだ。

唇を噛み、うつむく由弦に、惟久矢は根気よく語りかけてくる。

「たった一人で兎惟くんを産んで育てていたなんて、さぞ大変だっただろう。なにも知らず、今までなにもしてやれなくて、本当にすまなかった」

惟久矢に深々と頭を下げられ、由弦は困惑する。

「やめてください、兎惟は俺の意志で産んだんですから」

「四年前、日本を発つ前に、なんとしてでもきみに会っておくべきだった。後悔してるよ。同じ過ちは、二度と繰り返したくない。どうか、もう一度やり直させてほしい」

真摯《しんし》にそう言い募る惟久矢に、決めたはずの心が揺れる。

だが、惟久矢の母の、自分を拒絶する眼差しが脳裏にこびりついて離れない。

彼女が息子の将来を思って結婚相手を吟味《ぎんみ》するのは、当然のことだ。

――惟久矢さんには、俺なんかよりもっとふさわしい相手がいるはずだ。

やはり、自分が身を引くのがお互いのために一番いいことなのだと自分に言い聞かせる。

「……たった一晩の遊びのこと、そんなに深刻に考えないでください」

だって、あれはお互い本能に流されただけなのだから。

惟久矢が求めているのはオメガとしての自分だけなのだと、由弦は幾分自虐的な気分で続ける。

「つがいの印も、俺にとってはその後のいいアルファ避けになったんで、むしろ助かってるんです。だから、惟久矢さんがそんなに責任を感じる必要はないんですよ」

「虚勢を張らないでくれ。あの晩、きみは初めてで震えていた。遊びで男と寝るようなタイプじゃないだろう」

「やめてください……っ！」

それ以上聞きたくなくて、由弦は思わず声を高くする。

「由弦くん……」

「兎惟は俺の子で、これからも俺が大切に育てていきます。俺達のことはもう忘れてください」

きっぱりそう拒絶すると、狭い室内に気まずい沈黙が支配する。

「……わかった」

やがて惟久矢がそう応じたので、由弦はほっとする。

「しらたまの里親の件は、俺から沙由里さんに辞退しておきますから」

ところが、

「誰がしらたまの里親を辞退すると言った？　来週もまた行くよ」

惟久矢がさらりとそう宣言したので、由弦はあっけに取られてしまう。

「え……？　俺の話、ちゃんと聞いてました？」

「もちろん。だが、それとこれとは話が別だ」

「……っ！　もう兎惟を、混乱させないでほしいんですっ。これ以上あなたのことを好きになってしまったら……別れがつらくなるでしょう⁉」

思わず本音が飛び出してしまうと、惟久矢は少しとまどい、そして「兎惟くんは私のことを……気に入ってくれているのか？」と聞いてきた。

「……家ではあなたの話ばかりしてます。今日だって、ゆうべは眠れないくらい楽しみにしてて……」

兎惟の気持ちを思うと、たまらなくなる。

「節度は守る。もう決してきみ達を傷つけたりしない。だから私にチャンスをくれ。お願いだ」

惟久矢がそう言い募るが、これ以上由弦に拒絶されるのを避けるように立ち上がり、玄関で靴を履く。

「今日はこれで帰るよ」

そして、最後に振り返り、言った。

「きみは忘れろと言ったが、この四年間、ずっときみのことばかり考えていた。忘れるなんて無理だ」

「惟久矢さん……」

「おやすみ」

静かに玄関の扉が閉まるのを、由弦はただ見つめることしかできなかった。

一人になると、思わず無意識のうちに片手でうなじの噛み跡を押さえてしまう。

普段は衣服で隠している部分の噛み跡が、心なしかジンジンと熱を持っているような錯覚に陥った。

そんなはずがないのに。

自分の気持ちはとっくに整理したはずなのに、あの人に会うと簡単に四年前のあの日に戻ってしまう。

無我夢中であの人を求め、そして与えられたあの夜に。

ぞくりと肌が粟立ち、由弦は丸テーブルの上に突っ伏す。

由弦だって健康な若い男性だ。

生理的な欲求を一人処理することもあるが、その時頭によぎる相手はいつも惟久矢だった。

そのことに罪悪感を抱きながらも、やめられなかった。

――いったい俺は、どうしたらいいんだ……。
いくら考えてみても、答えは出せなかった。

◇　◇　◇

「はぁ……」

ちょうど客の切れ目に入ったので、その隙に店内の消毒と拭き掃除をしながら、由弦はため息をつく。

すると、普段は塩対応のしらたまが珍しく寄ってきて、由弦の脛に身体を擦りつけてきた。

「しらたま、おまえ惟久矢さんちの子になるの、いやなわけ？　惟久矢さんが、あんなに望んでくれてるんだから、そろそろ絆されてやれよ」

そう話しかけると、しらたまはまるでその意味が通じているかのように、にゃあん、と鳴く。

だが、依然として、たまに気まぐれで由弦にかまってもいいと許可をくれる以外は、基本兎惟のみ抱っこOKのツンデレ女王様なのであった。

それからも、惟久矢は今までと変わらず週末になると『猫もふ茶房』に通い続けてきた。

そうしていつのまにか客としてだけではなく、保護猫活動のボランティアの仕事まで手伝ってくれるようになった。

日曜は由弦もできるだけ時間を作って、沙由里を手伝いに顔を出している。

が、兎惟も連れていくのでなかなか思うように動けなかったのだが、手が離せない時は惟久矢が兎惟を見ていてくれるので助かった。

兎惟も、惟久矢に会えるので今まで以上に楽しそうだ。

――普段激務で疲れてるだろうに、土日も都内から毎週湘南まで通うなんて大変だよね……。

ボランティア活動は惟久矢が好意で手伝ってくれているのはわかるのだが、ここまでしてもらっても自分にはなにも返すことができない。

由弦はそれが心苦しかった。

「もう少し通って、しらたまが私に懐いてくれたら、里親として引き取らせていただきたいんですが」

土曜の夕方にいつものようにやってきた惟久矢は、そう正式に沙由里に申し込む。

「募集要項に単身者は不可とありますが、難しいでしょうか？」

現在独身で一人暮らしの惟久矢は、自分に里親の資格がないことを気にしていたようだ。

「そうねぇ、飼い主さんの帰りが遅くて、ずっと一人で待っているのは猫ちゃんがかわいそうっていうのもあるし、やはりご家族がいるご家庭の方がいいってことなんですけど、飼育環境が整っていれば、ケースバイケースで絶対に駄目でもないんですよ」

「そうですか」

沙由里の説明に、惟久矢がほっとした表情になる。

「住環境は今、整えている最中です。実は結婚したい相手がいまして、必死にアタックしているところなんですよ」

「まぁ、そうなの。ご結婚が決まれば審査はすんなり通るし、一石二鳥ね」

カフェのテーブルを片づけながら、二人の話にこっそり聞き耳を立てていた由弦は、危うく布巾を取り落としそうになる。

「でも、八重樫さんみたいに素敵な殿方が求婚しても、なびかない女性がいらっしゃるの？　信じられないわ」

「はは、ありがとうございます。なかなか手強い相手なんですが、私がベタ惚れなんです」

と、惟久矢は沙由里相手に盛大に惚気ている。

――い、惟久矢さん、なにを⁉

慌てて振り返るが、惟久矢はそしらぬ顔で続ける。

「全力でOKをもらって、その人としらたまと一緒に暮らせるように頑張ります」

爽《さわ》やかな笑顔で言って、惟久矢はそろそろお暇《いとま》しますと沙由里に挨拶し、会計に向かったので、由弦も急いで後を追う。

「ありがとう、また来るよ」

会計を済ませ、見送りするふりをしてカフェの外へ出ると、由弦はためらいながら抗議する。

「さ、沙由里さんにあんなこと言って……もしバレたらどうするんですか」

「どうもしないさ。私がきみと結婚したいというのは本当のことだからな」

「……っ！」

どうしてこう、この人はさらりと自分をドギマギさせるセリフを吐くのだろう。

由弦は耳まで赤くなってうつむく。

「そ、そういう話は困るって言ったはずですよ？　そろそろ東京にお戻りになった方がいいんじゃないですかっ。道が混みそうですしっ」

店の庭先でそんな話をしていると、たまたま店の前を常連客の女性が自転車で通りかかった。

「あ、美佳《みか》さん。こんにちは」

由弦が挨拶すると、美佳と呼ばれた女性は自転車を停め、庭先から店の中へ視線を泳がせる。

「こんにちは。……チョコ、まだ里親決まってませんか？」

彼女からはもう何度も同じ質問を受けているので、由弦は頷く。

「ええ、まだです」

「……そうなの」

そう呟いた美佳は、ほっとした様子だ。

美佳は五十代前半くらいの女性で、『猫もふ茶房』の近所に住む主婦だ。

猫好きでかなり前から『猫もふ茶房』の常連だったらしいのだが、夫の護《まもる》が猫嫌いらしく、家で飼えないのでここに通っているのよと笑っていた。

それが、数ヶ月前に保護されてきたチョコという黒猫と運命の出会いを果たしたのだ。チョコもすぐに懐き、美佳もぜひチョコを引き取りたいと望んでいたのだが、夫の反対でお試しトライアルも実現しなかったのである。

「護さんのお気持ちは、やはり変わらないですか……？」

「ええ、言い出したら聞かない人だから、もうしょうがないわ。せめてチョコがいい人のところに引き取られるといいんだけど」

と、美佳は寂しそうに微笑んだ。

「近いうちに、またお邪魔します。未練がましいけど……チョコの里親が決まるまでは会いたいから」

そう会釈し、美佳は自転車で走り去っていった。

「ご家族が、チョコを引き取ることを反対しているのか？」

「ええ、そうなんです」

事情を知らない惟久矢に、由弦は今までの経緯をかいつまんで説明する。

「そうか……同居する家族の意見が違うと、なかなか難しいんだな」

「ええ、チョコも美佳さんにとても懐いているので、ホントに残念なんですけど」

すると、少し考え込んだ惟久矢が口を開く。

「夫の護さんは、アレルギーがあるわけではないんだな？」

「はい、それは違うらしいですが、護さんに理由を聞いても、ただ猫嫌いだからとしか教えてくれないみたいです」

「……そうか」

惟久矢は何事かを考えている様子だった。

しかしいくら美佳が望んだとしても家族の同意がなければどうすることもできず、由弦は歯がゆい思いをする。

「ところで、きみの勤務時間が終わって、兎惟くんをお迎えに行ったら一緒にファミリーレストランに夕飯を食べに行かないか？　兎惟くんにガオガオレンジャーのオモチャが欲しいから、連れていってと頼まれているんだ」

「え……？」

確かに、今近所にあるファミリーレストランでは兎惟の大好きなアニメとコラボしていて、お子様ランチを注文するとそのキャラクターのオモチャがもらえるとテレビCMを打っているのだ。

『ほしいなぁ』と由弦にもさんざんおねだりしてきたので、そのうちにねと答えていたのだが、兎惟は惟久矢に言えばすぐ連れていってもらえると計算したらしい。

いったいいつのまに、そんなおねだりをしていたのだろう？

「兎惟ってば……ホントすみません。兎惟の言うこと、いちいち真に受けないでくださいね」

「私も、普段あまり行ったことがないから興味がある。きみさえよければ連れていってくれないか？」

由弦に負担だと思わせないようにそういう言い方をする惟久矢に、とてもいやだとは言えなくなる。

これ以上、親しくしてはいけないとわかっているのに。

すると、そこへちょうどタイミングよく扉が開き、沙由里が顔を覗かせる。

「由弦くん、もう時間だから上がっていいわよ。兎惟くんが待ってるでしょ？　お疲れさま」

「あ、わかりました……」

「なら、ちょうど帰り道だから私が送ります」

すかさず惟久矢がそう申し出て、また由弦は彼の意のままにならざるを得なかった。

惟久矢の車には、いつも必ず兎惟のためのチャイルドシートがトランクに積み込まれているのも、もう知っている。

そうして惟久矢の車で送ってもらい、保育園へ兎惟を迎えに行くが、惟久矢も一緒なので大喜びだ。

「いくたん、ガオガオレンジャーのごはんたべにいく？」

「ああ、行こうか」

「う、兎惟っ」

完全におねだりモードの兎惟は惟久矢に抱っこされ、「ダメ？」と愛らしく小首を傾げて由弦を見つめる。

二人から期待に満ちた眼差しで注目され、由弦は頷くしかなかった。

「ガオガオレンジャー、ガオガオレンジャー、うれしいな！」

結局そのまま近所にあるファミリーレストランへ向かう途中から、兎惟は念願叶ってすっかりご機嫌で、車内で自作のお歌を披露してくれる。

土曜の夕食時だったのもあり、ファミリーレストランはかなり混んでいて、名簿に名前を書いて待つことになった。

「私が書こう」

そう言って、惟久矢が『八重樫』と名字を書き、大人二名子ども一名と記入する。

それだけで、彼と家族になったような錯覚に陥り、由弦は動揺した。

待ち合いソファーを見回すと、席が空くのを待っているのは小さな子ども連れの家族が多い。

皆、しあわせそうだ。

この中に、オメガとアルファの家族は一組でもいるのだろうか？

そんなことを考え、少しぼんやりしていると、

「由弦くん、呼ばれたぞ。行こう」

自分達の順番が回ってきて、由弦は「は、はい」と慌てて立ち上がった。

席に着くと、兎惟はお目当てのお子様ランチを、そして由弦はメニューを手にしばし考える。

「兎惟、またマカロニグラタン食べる？」

「うん、たべる！」

「じゃ、ゆづたんはマカロニグラタンにするね」

そのやりとりを惟久矢が向かいの席から不思議そうに見つめているので、説明する。

「兎惟が、ここのマカロニグラタン好きなんですよ。でもお子様ランチには入ってないので、いつも俺が頼んで分けるんです」

兎惟は最近よく食べるようになり、お子様ランチを全部平らげてもまだ余裕なのだ。

「そうか、そうしたら兎惟くん、なにかほかに食べたいものはないか？　私のもあげるよ」

「え、ホント？　ソーセージがいい！」

「こ、こら、兎惟」

まったく遠慮なくリクエストする兎惟に、由弦は慌てる。

「よし、それならソーセージがついているステーキセットにしよう」

注文が決まって、由弦が人数分のドリンクバーも頼む。

「ドリンクバーとは、あそこのコーナーに取りに行くのか？」

ファミリーレストランにはほとんど来たことがないらしい惟久矢が、そう尋ねてくる。

すると、由弦が答えるより先に、「いくたん、ドリンクバーしらないの？　ういがおしえてあげる！」

と、兎惟が彼の手を引いて連れていってしまった。

荷物があるので席を離れるわけにもいかず、席から二人を見守っていると、兎惟は得意げに惟久矢にコップを持たせてなにやら指導している。

その様子がとても楽しげだったので、由弦も笑みを誘われた。

しばらくして、兎惟は大好きなオレンジジュースを、そして惟久矢は両手にコーヒーとジンジャーエールを持って戻ってきた。

「ゆづたん、ジンジャーエールすきなんだよね！」

「うん、ありがと」

自分の分も運んでくれた二人にお礼を言って、それを受け取る。

「あのね、オレンジジュースとやさいジュースをちょっとまぜてもおいしいんだよ」

「そんな楽しみ方もあるのか。じゃ、後で試してみよう」

二人が楽しそうに話しているのを見つめながら、由弦は複雑な心境だった。

そうこうしているうちに注文した料理が届き、兎惟にウエイトレスのお姉さんから念願のオモチャが渡される。

「わ～ガオガオレンジャーだ！」

「兎惟、遊ぶのはご飯をちゃんと食べてからね」

「は～い」

おなかが空いていたのか、兎惟はごねることなくお子様ランチをぱくつく。

由弦からマカロニグラタンを、惟久矢から食べやすく切ったソーセージをもらってご機嫌だ。

由弦も、兎惟の食事を手伝ってやりながら自分もグラタンを食べていると、惟久矢が自分のステーキ皿を差し出してきた。

「たくさんあるから、きみもつまんでくれ」

「あ、ありがとうございます」

由弦が足りないのでは、と気遣ってくれたのだろう。

その気持ちを無下にはしたくなくて、由弦は素直にステーキを一切れもらう。

三人で食べる食事は、いつもに増しておいしい。

何度も経験し、それはもういやでも認めざるを得なかった。

デザートにチョコレートパフェが食べたいと兎惟が言い出し、一つ頼んで由弦と半分こする。

すると。

「あら、由弦くん？」

聞き覚えのある声に顔を上げると、なんとそこには美佳が立っていた。

隣には、夫らしき同世代の男性も一緒だ。

由弦達より後から来たのか、美佳達はたまたま彼らの隣の席に案内されたらしい。

「あなた、こちらいつも話している保護猫カフェのスタッフの由弦くんと、息子さんの兎惟くんよ。こちらの方は、ええっと……」

美佳はほとんど惟久矢とは面識がなかったので、それを察した惟久矢が軽く会釈して挨拶した。

「初めまして、八重樫と申します。今は『猫もふ茶房』のボランティアをさせていただいてます」

「まぁ、ボランティアの方なのね」

「ええ、保護猫を引き取りたくて、今はその子……しらたまが、うちに来る気になってくれるのを待っているところです」

美佳の夫、護は少々気難しそうな雰囲気の男性で、自分が保護猫を引き取ることを反対しているせいか、由弦達が関係者と聞いて無愛想に黙り込んでいる。

「まぁ、しらたまちゃんの？　あの子、お客さんに懐かない女王様みたいな子よね」

カフェの常連である美佳はしらたまのこともよく知っていて、身を乗り出して話に食いついている。

反面、護の機嫌はますます悪くなっていくようで、由弦は兎惟がパフェを食べるのを手伝いながら、内心気が気ではない。

「実は私も、里親を申し込むまではかなり迷ったんです。猫の寿命は約十五年。その間、不測の事態が起きても、ちゃんと面倒を見られるのかと何度も考えました。ペットを飼うというのは、その子を生涯しあわせにする責任があると思っているので」

「惟久矢さん……」

「子どもの頃、飼っていた猫が亡くなったんです。すごく可愛がっていたので、本当にショックで学校も休むほどでした。こんな悲しい思いをするなら、もう一生ペットは飼わないと思っていた時期もありました」

惟久矢がそう言うと、護ははっとした様子で、初めて惟久矢の方を見つめた。

――あ、もしかして……？

護が頑なに保護猫の里親になるのを拒んでいるのは、過去に飼っていた子を亡くした経験があるからではないか？

由弦は、ようやくそれに気づく。

惟久矢は面と向かっての説得という形ではなく、自身の話をすることで護に訴えかけようとしているのだ。

「確かに大切な子が亡くなるのを看取るのは悲しいし、つらいことです。でもその子は共に過ごした十五年間のかけがえのない思い出と、たくさんの愛を残してくれました。それを後悔にはしたくないと思って、しらたまを引き取りたいと決心したんです。とはいえ、しらたまにはまだ里親と認めてもらえてないいんですけどね、ははは」

すると、美佳が感激した様子で席から身を乗り出す。

「そのお気持ち、わかります。私も実家で飼っていた子が亡くなった時には悲しくて悲しくて、しばらく泣き暮らしたのをよく憶えてます」

美佳にも、同じ経験があったようだ。

すると、護が驚愕した様子で目を見開いた。

「おまえも、そうだったのか……？」

「え？　おまえもって、あなたもなの？」

と、そこで兎惟がパフェを食べ終えたことに気づき、惟久矢は由弦を促し、席を立った。

「私の退屈な昔話をお聞かせしてしまって、すみませんでした。では、私達はお先に失礼します」

後は夫婦二人で話し合った方がいいという判断なのだろう。

押しつけがましくなく、実にスマートな対応だった。

由弦も会計に向かう前に、思いきって声をかける。

「あの、よかったら護さんも一度『猫もふ茶房』にいらしてください。お茶を飲むだけでも大歓迎ですので」

「は、はい……」

護の表情から、先刻の頑なさが消え、少し柔らかくなっている。

夫妻に会釈し、由弦達はファミリーレストランを後にした。

車に乗り、車道へ出ると、惟久矢がバックミラー越しに「お節介ではなかっただろうか？」と由弦に尋ねてくる。

「絶妙な説得だったと思いますよ。でも、どうしてわかったんです？　護さんが昔飼っていた子を亡くして、もう次の子を飼うのをためらっていたこと」

「さっき話した通り、私も同じだったからさ。母が大の猫好きでね。実家には私が生まれる前から常に猫がいるんだ。寿命まで生きた子もいたが、病気で早く亡くなった子もいた。可愛がっている子を看取るのは、つらいことだから」

「惟久矢さん……」

「確かに猫は人間より寿命が短いが、家族も友人も大切な人も、いつかは必ず死ぬのが生き物の宿命だ。だからこそ、後悔はしたくない。失うことを恐れていたら、しらたまとの大切な思い出も得られないことになるから。勇気を出して、一歩前に進んでみたいんだ」

初めて彼の気持ちを聞き、由弦は動揺した。

――惟久矢さんは、強いな……。

そして、今の話をつい自分に重ねてしまう。

――俺も……この人を失うことを恐れてばかりで、ずっと逃げてるんだ。

それほど、父達を見て育った、愛する者を失う恐怖は強いものなのかもしれない。

いまだオメガである自分を受け入れられず、誰とも結婚はしないと己の人生からも逃げてばかりだ。

そう、本音を言ってしまえば、もう一度惟久矢を失うのが怖くてたまらない。

四年前、強烈に彼に惹かれたのは一目惚れだったと言っていいかもしれない。

たった一度だけの関係、そして妊娠。

それでも、もう惟久矢に会わなければ平穏な暮らしが送れると思っていた。

しかしこうして再会し、共に過ごせば過ごすほどまた彼に惹かれてしまう。

どんどん好きになってしまい、この気持ちは留まることを知らないのだ。

ほとんど無意識で、今まであまり自覚はなかったのだが、惟久矢が好きでたまらないからこそ、もう一度別れを経験するのがなによりつらくて、怖いのかもしれない。

なんて自分は弱虫なんだろう、と由弦は唇を噛む。

そんな由弦の気持ちも知らず、ハンドルを握りながら惟久矢が呟く。

「とにかく、護さんの気持ちが変わるといいんだが」

「……今頃、お二人で話し合ってると思いますよ、きっと」

そうだといいな、と由弦も思う。

そうこうするうちに由弦のアパート前に着いたので、車から降りた由弦は改めて惟久矢にお礼を言う。

「今日はご馳走さまでした。兎惟に付き合わせちゃって、すみません」

会計もさっさと惟久矢が済ませてしまい、いくら言っても代金を受け取ってくれないので、由弦は恐縮する。

「いや、私も楽しかったよ。子どものいる生活は、今まで気づかなかったことや知らなかったことの連続だ。同僚から聞いてはいたが、子どもがいると親は自分の食べたいものを注文せずに、子どもの好きなものにしてしまうというのは本当なんだな」

「惟久矢さん……」

彼は、自身にでき得る全力で兎惟の親になりたいと望んでいる。

それが言葉に出さずともひしひしと伝わってきて、由弦はまた複雑な気分になった。

すると、おなかいっぱいでご機嫌の兎惟が言った。

「あのね、しらたまはいくたんちのこになってもいいっていってたよ！　でもね、いまはまだそのときじゃないんだって。それって、どういういみ？」

兎惟の言葉に、由弦は驚く。

以前から、兎惟がしらたまによく話しかけているのを見たことがあるが、ただの幼児の遊びだと思っていた。

「え、兎惟……しらたまの言ってることがわかるの？」

半信半疑で聞くと、兎惟はこともなげに頷いた。

「しらたまはね、すっごくすっごくなが～くいきてきた、すっごいねこなんだって！　ねこのおうさまみたいだね」

「そ、そうなんだ……」

いきなり突拍子もないことを言い出すので、やはり子どもの空想話なのかな、と考えるが。

「そうか、しらたまがそう言ってくれてるなら、彼がその気になるまで待つよ。教えてくれてありがとう、兎惟くん」

と、惟久矢は兎惟の言葉を否定せず、受け止めてくれたので、兎惟も嬉しそうだ。

「そうだ、うんどうかいはいくたんもきてくれるでしょ？」

「運動会？」

それを聞き、由弦は慌てる。

確かに来週末に保育園の運動会があるのだが、まさか兎惟がそれに惟久矢を誘うとは思っていなかったのだ。

「う、兎惟、惟久矢さんはお仕事が忙しいんだから、無理を言ってはダメだよ？」

「だってぇ……」

しゃがんで目線を合わせた由弦にそう窘められ、兎惟はしゅんとして項垂《うなだ》れる。

「まりちゃんやふみやくんも、みんなのおうちは、パパとママがきておうえんしてくれるっていってたんだもん……」

「兎惟……」

普段口には出さないが、やはり片親であることで兎惟に引け目を感じさせていたのだと知り、由弦は申し訳ない気分でいっぱいになった。

「ごめんね、兎惟、ごめん……」

思わず、その小さな身体を抱きしめる。

「どぉしてあやまるの？　ゆづたん、わるくないよ」

兎惟はそう主張するが、自分が由弦を悲しませてしまったと思ったらしく半べそになっている。

すると、それを見ていた惟久矢が車のエンジンを止め、運転席から降りてきて言った。

「由弦くん、運動会場には保護者以外は入れないのか？」

「え？　いえ、大丈夫ですけど……」

「よし、なら私も応援に行かせてもらうよ」

「え、ほんと？」

「ああ、約束だ」

兎惟にせがまれ、惟久矢は指切りげんまんをしている。

「惟久矢さん、無理はしないでください。ただでさえお忙しいのに……」

「無理なんかしてないさ。私が行きたいんだ」

必ず行くと約束し、惟久矢は東京へ帰っていった。

もう関わらないでと宣言したくせに。

こんなに、あの人に甘えてしまっていいのだろうか……？

けじめをつけなければと思いながらも、このままずるずると会い続けていたら自分の気持ちを抑えられなくなるのではないかという不安が拭えない。

「いくたんがきてくれるの、うれしいな。よかったね、ゆづたん！」

「……そうだね」

はしゃぐ兎惟とは裏腹に、由弦は困惑を押し隠すしかなかった。


そんな動揺が尾を引いていたのか、翌日は店でも会計間違いや細かいミスをいくつか犯してしまった由弦だ。

「どうしたの？　由弦くんがミスするなんて珍しいわね」

すると、店が空いた頃、さりげなく沙由里が声をかけてくる。

「す、すみません」

「それはいいけど、なにか悩みごとでもあるの？　なんの力にもなれないかもしれないけど、愚痴を聞くくらいのことはできるわよ？　よかったら、なんでも話してみて」

「沙由里さん……」

悩みに悩んだ末、由弦は仕事終わりにバックルームで、沙由里にすべての事情を打ち明けた。

惟久矢が、兎惟の実の父親であること。

そして、自分のつがいであること。

彼の母親に反対され、彼の前から姿を消したこと。

一人で兎惟を育てるつもりだったのに、帰国した惟久矢が自分達を捜し出し、一緒に暮らそうとプロポーズしてきて、どうしていいかわからないこと。

今までずっと胸の内に抱えていたことを、すべて吐き出した。

「俺は……兎惟と二人で生きていく決心をしてたので、もうそっとしておいてほしいと返事したんですけど……ボランティアやカフェで何度も顔を合わせることになっちゃうし、日曜の保育園の運動会でも、兎惟がどうしても来てほしいって惟久矢さんを誘ってしまって……どうしていいかわからなくて」

思い切ってそう相談すると、沙由里は項垂れている由弦にコーヒーを淹れてくれた。

「たった一人で、今までよく頑張ってきたわね。由弦くん、偉いわ」

「沙由里さん……」

「私もね、息子がオメガだとわかった時には、理解しようと必死で勉強したの。オメガとアルファにとって、つがいがどれくらい大切な存在かは知っているつもりよ」

母として、息子のすべてを知っておきたいという気持ちがあったのだろう。

それは兎惟を産んだ由弦にも痛いほどよくわかった。

「由弦くんは、今揺れているのね。でも、そうやって自分のことより周囲を優先させてしまうのが、由弦くんのいいところであり、困ったところでもあるのかもしれないわね」

「沙由里さん……」

「もっと、自分の気持ちに正直になってもいいんじゃない？　八重樫さんの気持ちが真剣かどうか、時間をかけて見極めればいいと思うわ。そしたら、運動会には私も応援に行っていいかしら？　お邪魔虫な私が間に入ったら、由弦くんが恐れている方向へは話はいかないと思うし。私にできることなら、なんでも協力するから」

「ありがとうございます。本当に助かります。沙由里さんにはお世話になりっぱなしで……なんてお礼を言っていいかわからないくらいです」

もしもあの日あの時、沙由里に声をかけてもらわなかったら。

今頃、自分はどうなっていただろう？

にっちもさっちもいかなくなって、結局行政に頼らざるを得なかったかもしれない。

本当に、沙由里にはいくら感謝しても足りなかった。

「そんな水くさいこと言いっこなしよ。私こそ、あなたを自分の息子の身代わりにして世話を焼いているようで、気が引けていたのよ」

そう言われて初めて、沙由里がそんなことを気にしていたのかと知って驚く。

「そんなこと、言わないでください。俺、もう身寄りがないので、沙由里さんのことを本当のお母さんみたいに思ってるんですから」

「由弦くん……ありがとうね」

滅多に会えない息子を由弦と重ねたのか、沙由里は瞳を潤《うる》ませている。

そんな彼女に、今度は由弦が二杯目のコーヒーを淹れてやったのだった。

◇　◇　◇

そして、運動会当日。

由弦は早起きして弁当を作り始める。

惟久矢と沙由里、それに兎惟と自分の四人分なので、それなりに大量だ。

「おべんとおべんと、ゆづたんのおべんとはおいしいよ〜。ういはからあげ、だぁいすき！」

よほど運動会が楽しみなのか、あれから兎惟は毎日自作のお歌を披露してくれた。

――惟久矢さん、なにが好きなんだろう。聞いておけばよかった。

前日の晩から弁当の下準備をしながら、由弦は自分も少し浮き立っていることに気づく。

――バカだな、浮かれてる場合じゃないだろ。

と、慌てて表情を引き締める。

メニューは兎惟の大好物の鶏の唐揚げとソーセージ、甘い卵焼き、それに南瓜《カボチャ》のサラダとプチトマトで彩りを添え、主食はおにぎりとサンドイッチだ。

デザートには苺と葡萄も用意し、洗ってタッパーに詰めてある。

サンドイッチは一口で食べやすいようにラップでロール状に巻き、手を汚さなくても食べられるようにしておいた。

おにぎりも、ツナマヨと梅干し、鮭《しゃけ》と三種類具を用意し、兎惟に合わせて小さめに握ってある。

「ゆづたん、おはよ～」

一心不乱に用意していると、寝ぼけ眼の兎惟が起きてくる。

が、テーブルの上にずらりと並んだ料理を見ると、一気に目が覚めたようだ。

「わぁ、おいしそ～！」

「おはよう、兎惟。顔を洗ってきて。そしたら味見させたげる」

「わかった！」

兎惟はもう、自分で洗面器に水を張り、ちゃぷちゃぷと顔を洗うことができるのだ。

洗面所に飛んでいった兎惟はきちんと手と顔を洗い、戻ってきたので、その可愛い口にロールサンドイッチを一つ入れてやった。

「おいしー～い！」

おいしい時の仕草で、兎惟は紅葉のような小さな手のひらで自分のホッペをペチペチと叩いてみせる。

「後はお昼のお楽しみだよ。さぁ、朝ご飯食べて」

「は～い。きょうは、いくたんもさゆりちゃんもきてくれて、うれしいな」

と、兎惟はご機嫌で、用意しておいた朝食をぱくついている。

やはり、いつも行事参加は由弦一人だったので、両親が揃って参加する友達と自分を比べて寂しい思いをさせていたのだろうかと思うと、申し訳なさで胸がいっぱいになる。

それから、ハイテンションの兎惟を宥《なだ》めすかしてなんとか身支度をさせ、バタバタと弁当を詰めた重箱を包んでアパートを出る。

「ゆづたん、いくたんおむかえきたよ！」

惟久矢が由弦達のアパートまで迎えに来てくれたので合流し、それから三人で沙由里を迎えに行くことになっていた。

保育園には駐車場がないので、今日は惟久矢も近くのコインパーキングに車を置いて徒歩できていた。

「おはよう、いい天気でよかった」

ラフなポロシャツにチノパンという出で立ちでやってきた惟久矢は、今日も惚れ惚れするほど素敵で、その笑顔にクラリとくる。

——今日は強めの抑制剤を飲んでるんだから、大丈夫。

由弦は彼の顔をなるべく正視しないようにしながら、自分にそう言い聞かせる。

この四年、離れている間は発情期もなく、惟久矢とつがいになったためほかのアルファの男性から言い寄られず実に快適だった。

だが、つがいの惟久矢と再会してしまったことでまた発情期は復活するかもしれないし、どうなるのかは予測がつかない。

そのための用心だったたが、念のため予備の薬も持っているので、乗り切れるだろう。

「おはよ〜いくたん！」

会うなり、兎惟は惟久矢の長い足にまとわりついて甘えている。

惟久矢が応援に来てくれるのが、よほど嬉しいのだろう。

「今日はよろしくお願いします」

「こちらこそ、お邪魔させてもらう。荷物を持とう」

いいと遠慮したが、半ば強引に奪い取られてしまったので、お言葉に甘えることにする。

そうこうするうちに沙由里の家に到着し、四人で歩いて保育園へ向かう。

運動会といえば、保護者達の場所取りで熾烈《しれつ》な争いが繰り広げられるらしいが、兎惟の通う保育園ではトラブルを避けるために、あらかじめ公平にくじ引きで場所が決まっていたので、当日は平和なものだ。

指定された場所にレジャーシートを敷き、由弦はさっそく兎惟の勇姿を余すところなく記録するべく、ハンディカメラを手にスタンバイした。

「私が持ってきたのもあるから、よかったら後でデータを送るよ」

「え……惟久矢さん、わざわざそれ買ったんですか？」

驚いてそう問うと、惟久矢は「いや、前に忘年会の景品で当たったものが、たまたま家にあったんだ」と早口で答える。

が、彼が手にしているそれは明らかに最新式の新製品だった。

下手な嘘がバレていると察したのか、

「……はしゃぎ過ぎかな。ゆうべも楽しみで眠れなかったんだ」

と、惟久矢は先走り過ぎたか、と照れ笑いを浮かべている。

――この人は、本当に兎惟のことを可愛いと思ってくれてるんだな……。

チャイルドシートのことといい、惟久矢がいかに兎惟のために心を砕いてくれているかが、よく伝わってくる。

それを嬉しいと思ってしまう反面、どうしていいかわからなくなる由弦だ。

午前中の競技はお遊戯が多く、クラス全員でヒヨコのお面を頭につけてピヨピヨダンスを踊る兎惟を、由弦と惟久矢は余すところなくビデオに収める。

「可愛いなぁ、兎惟くんが一番目立ってる」

「ええ、本当」

惟久矢と沙由里は完全に身内の贔屓目目線なので、由弦はつい笑ってしまう。

「ここにいる保護者の皆さん、皆同じことを思ってますよ、きっと」

「そうか？　いや、客観的に見てもそうだと思うがなぁ」

惟久矢は、まだそう主張している。

彼といると、楽しい。

ずっと一緒にいたいと、心のどこかで願ってしまっている自分に気づいて、由弦は疚《やま》しさにつと目線を伏せる。

いけない、一人で兎惟を育てると決めたのに。

惟久矢が現れて以来、グラグラと心が揺れ続けている自分の弱さが情けなかった。

プログラムが進み、昼の休憩時間に入ったので、由弦は早起きして作ってきた弁当を取り出す。

三段のお重にぎっしり詰めてきた料理を広げると、「まぁ、おいしそう」と沙由里も褒めてくれる。

紙コップに魔法瓶から麦茶を注いで皆に配り、紙皿に兎惟の分を取り分けてやると、兎惟も嬉しそうに「いただきまぁす！」と挨拶した。

皆、おいしいと喜んでくれているが、当の由弦自身はあまり箸《はし》が進まなかった。

どうもさきほどから怠く、食欲がないのだ。

「ゆづたん、どぉしたの？　ぽんぽんいたいいたいなの？」

自分が時折腹痛を起こすせいか、兎惟は体調不良を皆おなかが痛いのだと思っている。

なので、由弦はなんとか笑顔を作り、首を横に振った。

「なんでもないよ。さぁ、午後の部もあるんだから、兎惟はたくさん食べて」

「うん、ゆづたんのおべんと、すっごくおいしいよ！」

「そっか、よかった」

そんな二人のやりとりを、惟久矢は少し離れたところから心配げに見守っている。

なんとかそこまではやり過ごしたが、気分の悪さはますますひどくなってきた。

「……っ」

午後の部の、兎惟の可愛らしい姿をビデオに収めながらも、由弦は目眩を堪える。

すると、

「私が代わろう。きみは木陰で少し休んでくるといい」

惟久矢が、由弦には触れないように手を伸ばし、ビデオカメラを取り上げた。

「大丈夫か？　具合が悪そうだ」

「すみません……ちょっと日に当たり過ぎたのかも」

もしかしたら、つがいの惟久矢と一緒にいるのに、薬で無理に発情を抑えている副作用なのかもしれない。

それに、昨夜はいろいろ考えてしまってほとんど眠れなかったまま、早起きして弁当を作ったりしたのも体調不良に拍車をかけている気がした。

すると、

「もうすぐ借り物競争です！　参加されるご家族の方。入場門前にお集まりください」

先生の声かけで、由弦は兎惟が出場する競技だと気づく。

立ち上がって行こうとすると、惟久矢が言った。

「よかったら、私に行かせてくれないか？」

「え……？」

「その体調で走るのはきついだろう。一位を取ってくるから、安心して見ていてくれ」

「惟久矢さん……」

由弦に気を遣わせまいとしているのか、惟久矢はそう嘯いて片目を瞑ってみせ、入場門へと走っていった。

惟久矢が来たので、兎惟はびっくりしている様子だったが、すぐ嬉しそうに彼と手を繋いでいる。

そうして、借り物競走が始まった。

ペアを組んだ保護者が園児をおんぶし、レーンを走るルールだ。

「兎惟、惟久矢さん、頑張れ！」

観覧席から、由弦はなんとか声を張って応援する。

ピストルの合図と共に、保護者が一斉に走り出し、背負われた園児がポイントに置かれている借り物のメモを拾う。

「帽子！　帽子だって」

「お菓子持ってる人、いますか？」

と、賑やかにあちこちで借り物探しが始まる。

兎惟が引いたメモを見た惟久矢が「ハンカチ！」と叫んだので、沙由里がすかさずバッグからハンカチを取り出した。

「ハンカチ！　あるわよ、ここここ！」

すると、兎惟を背負った惟久矢が、凄まじい速さで観覧席まで走ってきた。

そして兎惟が沙由里のハンカチを受け取ると、風のようにゴールに向かって一直線だ。

「いくたん、はや〜い！」

「しっかり摑まってろよ、兎惟くん！」

「兎惟も惟久矢さんも、頑張って！　あと少し！」

由弦もその時だけは気分の悪さを忘れ、つい興奮して叫んでしまう。

もう一人、いかにも体育会系の父親が後ろから迫っていたが、惟久矢は悠々《ゆうゆう》と一着でゴールテープを切った。

「やった！　一位だ！」

「惟久矢さん、足が速いのね」

観覧席の由弦と沙由里も、手を取り合って喜ぶ。

園児達が手作りしたペーパー製の金メダルを首にかけ、兎惟を連れた惟久矢が凱旋《がいせん》してきた。

「すごかったよ、二人とも。一等賞おめでとう！」

「いくたん、すっごくかけっこはやかったんだよ！」

「よかったね、兎惟」

二人を出迎えると、惟久矢の笑顔がなんだか妙に眩しくて、ドキドキする。

この反応も、オメガの本能のせいなのだろうか……？

そこで惟久矢と目が合い、由弦ははっと我に返り、慌てて視線を逸らす。

「由弦くん？　まだ気分が悪いのか？　少し休んだ方が……」

惟久矢が自分の身を案じてくるので、さらに罪悪感を刺激されてしまう。

「も、もう大丈夫です」

慌ててそう誤魔化す。

実際、念のため重ねて薬を飲んだことと、惟久矢達の活躍を見たことでだいぶ気分はよくなっていた。

こうして、兎惟にとって今年の運動会は思い出深いものとなったようだ。

よかったと思う反面、今後のことを考えると相変わらず答えが出せない由弦だった。

1

◇　◇　◇

運動会の後も、惟久矢はほぼ毎週のように『猫もふ茶房』を訪れた。

その日は少し早めに来店し、客として訪れた惟久矢が、いつものように隅の席に腰を下ろす。

そこが、しらたまお気に入りのキャットタワーの真下になるからだ。

オモチャで気を引いても、キャットタワーに寝そべったしらたまは知らんふりで下りてくる気配すら見せない。

――本当に、しらたまは惟久矢さんちの子になる気あるのかなぁ……。

兎惟はああ言っていたが、実際しらたまの塩対応を見ていると少々疑問に感じてしまう。

だが、どんなにつれなくされても、惟久矢はめげることなくしらたまに笑顔で話しかけるのだった。

そのうちほかの客が帰り、店内には惟久矢だけになる。

由弦が店番をし、二人きりになると、惟久矢が声をかけてきた。

「そうだ、これからしばらく忙しくて、来られなくなりそうなんだ。ボランティアも手伝えなくてすまない」

「そう……なんですか」

それを聞き、少し落胆している自分に気づく。

――バカだな、惟久矢さんは会社の重役で、元々とんでもなく忙しい人なんだ。毎週湘南に通ってボランティアしてる暇なんかないのに。

「大丈夫ですよ。お仕事お忙しいなら、無理しないでくださいね」

「いや、仕事というよりプライベートでちょっとね」

と、惟久矢はなぜか嬉しそうだが、そう言葉を濁す。

いつもなら、こちらから聞かなくても自分のことを話してくれるのに。

彼がなぜ忙しくなるのか、気になる。

だが、そんな立ち入ったことは聞けず、由弦は拭き掃除に没頭するふりをした。

合間にちらりと様子を窺うと、惟久矢はめげることなくしらたまに話しかけている。

「なぁ、これだけ通ってるんだ。そろそろ気を許してくれてもいい頃じゃないか？　兎惟くんから聞いたが、今はまだその時期じゃないってどういうことだ？　それにしても、きみの言い分を聞いて大人しく待ってるんだから、少しでも私を哀れに思ってくれるなら、ちょっとくらい抱っこさせてくれてもいいだろう？」

と、かなり真剣に口説いているのだが、しらたまのツンデレぶりは相変わらずで、いくらオモチャをちらつかされても、優雅に寝そべったままだ。

「またフラれた……」

心底悲しげに惟久矢がそう呟くので、由弦は思わず笑いを誘われる。

完全無欠のアルファである惟久矢も、しらたま相手だと形無しになってしまうところが可愛かった。

――惟久矢さんのことを可愛いだなんて……俺、どうかしてる。

そこでふと、我に返って赤面する。

と、その時カフェの扉が開き、新たな客が入ってきたので、由弦は「いらっしゃいませ」と出迎えた。

すると、入ってきたのはなんと美佳と護だった。

「こんにちは、今日は夫婦でお邪魔します」

美佳はひどく嬉しそうで、護は彼女の後ろでバツが悪そうに立っている。

「ようこそ、お待ちしてました。さぁ、どうぞ」

まさか本当に夫婦で来てくれるとは思わなかったので、由弦は急いで彼らを席へと案内すると、美佳に気づいたチョコが、キャットタワーから身軽く下りてきた。

「チョコちゃん！　会いたかった！」

美佳が両手を広げると、チョコは心得たようにその膝の上に乗ってくる。

「ほら、あなた、チョコちゃんよ。可愛いでしょ？」

「……ああ」

美佳がチョコを抱っこし、隣に胡座《あぐら》を掻いて座った護に見せる。

するとチョコはするりと美佳の手をすり抜けて床に下り、トコトコ歩いてさも当然のごとく護の胡座の中に収まった。

「まぁ、チョコちゃん！」

そのまま、そこが自分の定位置だとばかりにゴロゴロ喉を鳴らしているチョコを、その場に居合わせた全員が微笑ましく見つめる。

「……だから、来るのはいやだったんだ。会ったら絶対、引き取りたくなるだろう」

護は気まずげに呟き、そして恐る恐るチョコの背を撫でた。

「あなた！　それじゃチョコちゃん引き取っていいの？」

「……最初からそのつもりで、俺を連れてきたんだろう」

そう言って、護は居合わせた惟久矢に向かって照れくさそうに微笑む。

「ずっと迷っていたんですが、あなたに言われたことが背中を押してくれたんです。ありがとうございました」

「そんな、私はなにもしてませんよ。よかったですね。チョコちゃんも喜んでますよ」

と、惟久矢も笑顔を見せる。

そうと決まれば善は急げとばかりに、その後二人はさっそく沙由里から説明を受け、無事お試しトライアルの申し込みをして帰っていった。

「惟久矢さん！　よかった……！」

もう嬉しくて、由弦は声を弾ませる。

このままハイタッチでもしたい気分だ、と考えていると。

「ちょっといいか？」

と、惟久矢が店内にほかの客がいないのを確認してから立ち上がる。

「え？」

なにが？　と聞き返すより先に、由弦の体はふわりと宙に浮いていた。

「わっ！」

気づいた時には、惟久矢に軽々と抱き上げられ、左右に振り回される。

遠心力があるので落ちないように、咄嗟に惟久矢の首に両手を回してしがみついてしまう。

ようやく下ろしてもらった時には、心臓がバクバクだ。

だが、その動悸が驚きのせいだけではないことを自覚し、由弦は耳まで真っ赤になった。

「はは、なにか嬉しいことがあった時に、きみとこうしたかったんだ」

「……もう、びっくりしましたよ」

と、由弦は照れ隠しに唇を尖らせる。

「驚かせてすまなかった。でもよかったな、チョコの引き取り手が決まりそうで」

「ええ、本当に惟久矢さんのおかげです。ありがとうございます」

改めてお礼を言うと、惟久矢は再び自分はなにもしてないとさらりと流した。

「さて、しらたまはいつになったら私を飼い主と認めてくれるのかな。まぁ、すぐ認めてもらえない方が好都合なんだが」

「え……どうしてですか？」

「こうして、きみに会いに来る口実ができるからさ」

と、惟久矢は真顔で口説き文句を口にするので、由弦は再び真っ赤になった。

「い、惟久矢さんっ」

「はは、また来るよ。少し間が空いてしまうけど、きみと兎惟くんと、しらたまに会いにね」

そう言い残し、惟久矢も東京へと帰っていった。

その後ろ姿を見送りながら、由弦は少し寂しいと感じている自分に気づく。

——駄目だ。

会えば会うほど、共に過ごす時間が長ければ長くなるほど、ますますあの人のことを好きになってしまう。

自分でも気持ちが止められなくて、由弦は火照る頬の熱さにとまどっていた。

◇　◇　◇

そして宣言通り、惟久矢はしばらく『猫もふ茶房』に顔を見せなかった。

ぐいぐい圧されて困っていた由弦だったが、ぱったり姿を見せなければ見せないで、具合でも悪いのではないかと心配してしまう。

そして三週間ほどして、惟久矢は再び客として『猫もふ茶房』を訪れた。

「しばらく手伝いに来られなくて悪かったね」

「いえ、それは大丈夫ですけど、もう落ち着かれたんですか？」

由弦がさりげなく問うと、惟久矢は頷く。

「ああ、引っ越しも終わったしね」

「引っ越し？」

どこへ引っ越したのだろう、と由弦が不思議に思った時、ちょうど沙由里がバックヤードからやってきて「あら、いらっしゃい」と惟久矢に声をかける。

「ちょうどよかった。沙由里さん、もしよかったら、来週末うちの庭でバーベキューをやるので、皆さんをご招待したいのですがご都合はいかがですか？」

と惟久矢が言うので、突然の誘いに沙由里も驚いている様子だ。

「あら、八重樫さんのおうちは東京なんじゃ？」

「ええ、でも賃貸マンションなので、実はしらたまを迎えるためにこの近くに別宅を購入したんです」

さらりと驚くべきことを言い出すので、由弦は「え、家を買ったんですか⁉」とつい声を高くして反応してしまった。

「ちょうどいい物件が見つかってね。これも縁だと思って。しらたまがうちの子になってくれたら、住まいをこちらに移して東京に通勤してもいいと考えているんだ」

爽やかに答えられ、由弦はそれ以上なにも言えなくなる。

沙由里が場所はどこかと尋ねると、『猫もふ茶房』から歩いて十分ほどの距離にある別荘だった。

近所に住んでいる者なら皆知っている、有名な豪邸だ。

「え、あの大きいお屋敷ですか？　うわ～すごい！　一度中を見てみたかったんです。私、ぜひ行きたいです！」

と、その日バイトに入っていたスタッフの真結《まゆ》が大騒ぎだ。

「まぁまぁ、八重樫さんにそこまでしてもらえるなんて、しらたまは果報者ねぇ。それじゃ、せっかくお誘いいただいたから、皆でお邪魔させていただきましょうか。ねぇ、由弦くん？」

「沙由里さん……」

沙由里の眼差しは、『いい機会だから、もっと惟久矢さんのことをよく知った方がいいんじゃない？』と語っている。

「は、はい……」

なにより皆が二つ返事なのに、自分だけ行かないと言い出すのは不自然だったので、由弦もためらいながら頷くしかなかった。


「ねぇねぇ、ばぁべきゅーっておそとでおにくやくの？　たのしい？」

バーベキューを知らない兎惟も、また前の晩から大はしゃぎで楽しみにしていて、由弦を質問攻めにした。

「兎惟、ちゃんと前見て歩かないと転んじゃうよ」

「は〜い」

大好きなパンダさんリュックを背負い、おめかしした兎惟はぎゅっと由弦の手を握ってくる。

由弦は兎惟を連れ、『猫もふ茶房』で沙由里と真結と合流してから、四人で惟久矢の屋敷へ向かった。

惟久矢が買った豪邸は、なんでも以前の所有者はとある大企業の会長で、遺産相続の整理で最近手放された物件らしい。

高級住宅街の中でもひときわ目立つ豪邸を見上げ、沙由里も「八重樫さん、ただ者じゃないと思っていたけど、すごいお金持ちだったのねぇ」と感心している。

お招きに与ったので沙由里がアップルパイを焼き、皆で出し合って買ったワインを手土産にしてきた。

インターフォンを押すと、自動で電動ゲートが開き、敷地内へ入れる。

「ようこそいらっしゃいました。今日はゆっくり楽しんでいってください」

惟久矢に出迎えられ、玄関から屋敷の中へと通された。

広々とした室内は白を基調に統一され、見るからに高級そうな外国製家具やインテリアが目白押しだ。

「わ、あれたぶん三百万以上するイタリア製のオーダー家具セットですよ。テレビで観たことあります」

四十畳はあろうかというリビングに通されると、真結がこっそりそう耳打ちしてくる。

「八重樫さんって、すごいセレブだったんですね」

「……そうだね」

だから、彼とは結ばれてはならない運命なのだ。

一緒にいるとつい忘れがちになるが、こうして彼の生活環境を目の当たりにすると、生きている世界の違いをまざまざと思い知らされる。

由弦は、ぎこちない笑顔で平静を装うのが精一杯だった。

「しばらく伺えなかったのは、物件のリフォームと家具の手配等でバタバタしていたからなんです。でもこれで、いつでもしらたまを迎えられます。今日はちょうどいい機会なので、里親としての住環境を存分にチェックしていってください」

そう言って、惟久矢は屋敷内をあちこち案内してくれる。

リビングには立派なキャットタワーが既に設置され、猫のトイレや爪研ぎなども用意されている。

グルーミング用品や猫用食器、オモチャなども揃っているらしいので、しらたまを迎えるには万全の備えだった。

屋敷の中央には吹き抜けの中庭にウッドデッキテラスがあり、開閉式の屋根があるそこでバーベキューが可能な設計になっていた。

巨大なバーベキューグリルセットと木製のテーブルや椅子は新品で、恐らく今日のために用意したものだろう。

サイドテーブルの上にはクーラーボックスに入れられた高級肉やシーフードなど、大量の食材が並んでいる。

――惟久矢さん、いったいどういうつもりなんだろう……？

確実にしらたまを引き取れると決まったわけでもないのに、こんな豪邸まで買ってしまうなんて。

彼がなにを考えているのか、由弦には理解できなかった。

「さぁ、おなかが空いたでしょう？　どんどん焼くので、たくさん召し上がってください」

まずはワインとビール、兎惟はオレンジジュースで乾杯し、惟久矢は慣れた手つきで次々と巨大なステーキ肉や野菜を焼き始める。

「手伝います」

惟久矢一人にやらせるわけにもいかないので由弦が申し出ると、彼はにっこりした。

「ありがとう。それじゃ皿を用意してくれるかい？」

「はい」

「兎惟くんにはソーセージやハンバーグもあるからね」

「わ～、おっきいね！」

巨大ソーセージをこんがり焼くと、食べやすいよう一口サイズに切ってもらい、兎惟は大喜びで頬張る。

「おいし～い！」

「それはよかった。たくさん食べてね」

惟久矢が用意していた食材はいかにも高級そうで、なにを食べてもおいしかった。

皆の食べるスピードを見ながら、惟久矢が次々と焼いてくれるので、おなかがいっぱいになってしまう。

「惟久矢さんも少しは座って食べてください。代わりますから」

そう申し出るが、

「今日はきみ達をもてなすのが目的だから、いいんだよ。由弦くんは優しいな」

ほかの人達には聞こえないよう、耳許で囁かれ、かっと頬が上気する。

「ゆづたん、おいしいね」

テンション高く、出されるものを喜んでいた兎惟だったが、ふと見るといつもより食べる量が少ない。

「兎惟、どうした？　もうご馳走さま？」

「ん……おなかいっぱい」

興奮し過ぎちゃったのかなと思っていると、それを見ていた惟久矢が目先を変えようとしたのか、「それじゃデザートにはスモアを作ろうか」と言い出した。

「兎惟くんが好きだといいんだが」

「すもあってなぁに？」

「バーベキューの定番スイーツだよ」

言いながら、惟久矢は鉄串に刺したマシュマロをグリルで炙《あぶ》り、熱でとろけてきたところをビスケット二枚でサンドイッチにする。

熱々なので少し冷ましてから兎惟に渡すと、兎惟は一口囓って「あま～い！　おいし～い！」と大ウケだ。

「すもあ、とってもおいしいよ！」

「よかったね、兎惟」

そうして喜んでいた兎惟だったが、食後に惟久矢が沙由里の焼いたアップルパイを皆に切り分けてくれていると、急にぐずり始めた。

「なに？　どうしたの？」

珍しいなと思いつつ、膝の上に抱き上げると、由弦は兎惟の身体がひどく熱いことに気づく。

慌てて額に手を当ててみると、かなり熱が高かったので、一気に血の気が引いた。

「どうかしたの？　由弦くん」

「すみません、兎惟が熱を出しちゃったみたいなので、病院へ連れていきます。食べっぱなしで申し訳ないですが、お先に失礼します」

そう謝り、兎惟を抱いて立ち上がる。

いつもかかっている小児科に行こうとするが、惟久矢に「だが、今日は病院はやっていないだろう？」と言われてようやく今日が日曜だったことを思い出す。

「どうしよう……」

途方に暮れた声を出すと、惟久矢が歩み寄り、兎惟の額に手を当てる。

「かなり高いな……知人に小児科医がいる。往診を頼んでみよう」

そう言ってスマホを取り出し、アドレス帳を検索し始めた。

「え、でもそんな……」

「兎惟くんはゲストルームの寝室に寝かせてあげてくれ。さっき案内したから場所はわかるね？今、冷やすものを持っていくから」

うむを言わさぬ流れで指示され、由弦はためらいながらもそれに従うしかなかった。

すっかりバーベキューどころではなくなってしまい、沙由里と真結は兎惟を案じつつも『くれぐれもお大事にね』と言い置き、先に帰っていった。

惟久矢に教えられたゲストルームのベッドに兎惟を寝かせ、毛布をかけたが、依然苦しそうだ。

「ゆづたん、さむいよぉ……」

「お熱出ちゃったね。大丈夫だよ、ゆづたんはそばにいるからね」

力づけるために小さな手を両手で握ると、兎惟は熱で潤んだ瞳で周囲を見回す。

「いくたんは……？　どこ？」

その言葉を聞いた時、ひやりと背筋に冷たいものを押しつけられたような思いがした。

兎惟はやはり本能的に、惟久矢を自分の父親だとわかっているのだろうか……？

「……惟久矢さんは別のお部屋にいるよ。さぁ、少し眠って」

「ん……」

兎惟が目を閉じると、部屋のドアがノックされる。

中から開けると、廊下で惟久矢がスポーツドリンクと冷却シートを差し出してきた。

どうやら、近くのコンビニまで買いに行ってくれたらしい。

「これ、冷感による苦痛緩和の効果はあるらしいから、額に貼ってあげてくれ」

「……ありがとうございます」

「父のゴルフ仲間に、都内で開業医をしている小児科の医師がいるんだ。今日は休みなんだがなんとか捕まって、すぐに向かうと返事をくれたからもう少しの辛抱だ」

「……なにからなにまで、すみません」

動揺しつつ、由弦はぺこりと頭を下げる。

「……兎惟、あんまり熱出したりする子じゃないんです。なにか悪い病気だったら、どうしよう……っ」

自分で言っているうちにさらに不安が込み上げてきて、たまらなくなる。

「落ち着くんだ。きみが動揺すれば、兎惟くんも不安になる」

宥めるように、大きな惟久矢の手のひらが背中を撫でてきて。

「大丈夫だ。なにもできないかもしれないが……私がついている」

そう囁かれ、ふっと落ち着いたような気がした。

「……はい」

彼に甘えてはいけないと思いつつも、不安から藁にも縋るような気持ちになってしまう。

それから二時間ほどして、初老の医師が車で到着する。

さっそく往診してくれる様子を、由弦は固唾を呑んで見守った。

「先生、兎惟は大丈夫でしょうか？」

「インフルエンザや肺炎ではなさそうですね。少し熱は高いですが、心配ないでしょう」

兎惟の胸の音を聞いた後、聴診器を耳から外し、医師がそう説明してくれる。

「解熱剤も処方しておくので、三十八・五度を超えるようなら飲ませてください」

「わ、わかりました」

とりあえず大事には至らないとわかり、由弦はほっとする。

往診を終えると、医師と惟久矢はゲストルームを出て一階へ下りていった。

ふと気になって窓の外を見ると、車に乗り込もうとしている医師に、惟久矢が紙袋を持たせようとしている。

医師はいったん遠慮するそぶりを見せたが、重ねて惟久矢になにか言われ、会釈してそれを受け取った。

恐らく、わざわざ都内から往診してくれた医師にお礼として手土産を持たせたのだろう。

咄嗟のことなのにどこまでもスマートな惟久矢に、由弦は複雑な心境になった。

――俺なんかより、惟久矢さんの方がずっと兎惟の親としてふさわしいのかもしれない。

今日だって、あんなに熱が高くなるまで兎惟の不調に気づかなかったことに、由弦はずっと自分を責め続けていた。

ややあって、惟久矢が戻ってくる。

「由弦くん、兎惟くんも落ち着いているようだから、きみも少し休んだ方が……」

「……帰ります」

「え？」

唐突になにを言い出すのかととまどっている惟久矢を尻目に、由弦は彼と視線を合わせないようにぺこりと頭を下げた。

「お医者さんを呼んでくださって、本当にありがとうございました。診察代は俺が、後日必ずお支払いしますので。とりあえず、兎惟を連れてアパートに戻ります」

「待ってくれ。兎惟くんはこのまま寝かせてあげた方がいい。うちは泊まってもらってかまわないんだから」

「いいえ、そういうわけにはいきません。さ、兎惟、おうちに帰るよ」

「ん……」

ムキになって眠っている兎惟を起こそうとすると、惟久矢に手首を摑んで止められる。

そのまま廊下へ連れ出され、詰問された。

「いったいどうしたんだ？　なにを怒っている？」

「……怒ってなんか、いません」

と、由弦は自分でもこのモヤモヤとした感情がなんなのかわからず、唇を嚙む。

よくわからないけど、怖い。

怖くてたまらない。

どうしていいかわからず、由弦はついに感情を爆発させた。

「……俺、兎惟の親失格かもしれないけど、俺には兎惟が……兎惟だけがすべてなんです。だから……俺から兎惟を取り上げないで……っ」

思わずそう言い募ると、ずっと堪えていた涙がぽろりと零れてしまう。

すると、ためらいがちにそっと惟久矢に抱きしめられ、どくんと鼓動が高鳴った。

「落ち着いて……大丈夫だ。きみは親失格なんかじゃないし、誰もきみから兎惟くんを取り上げたりはしない」

「惟久矢さん……」

「子どもが急な高熱を出すのは、よくあることだと先生も言っていた。きみの落ち度じゃない」

「でも、でも……っ」

優しくされると、もうたまらなくなって。

それまで必死に堪えていた感情が迸《ほとばし》る。

「と、父さん達だって、ちょっと前まであんなに元気だったのに、二人とも俺の前からいなくなっちゃった……っ、兎惟に、なにかあったらどうしようって……俺……っ」

一人になるのが、こんなにも怖いなんて。

嗚咽《おえつ》が込み上げ、後から後から涙が溢れてくる。

今まで必死に兎惟を育ててきて、沙由里達に支えてもらいながらも決して弱音は吐かなかった。

それができていたのに、どうしてこの人の前ではこうも脆《もろ》くなってしまうのだろう……？

考えてもよくわからなくて。

由弦は声を殺して泣きながら、ただ彼の温かい大きな胸に縋りついていた。

そんな由弦を、惟久矢はあやすように優しく肩を撫でてくれる。

それが、ひどく心地よかった。

たった、一度だけ。

四年前に触れた彼の温もりを、はっきりと憶えている。

そして会えない間もこの温もりを、どれだけ欲していたかを思い知らされた。

まったく忘れられてなど、いなかった。

心はこんなにも彼を求めていたのに、どうしても自分で認められなかったのだ。

それが悔しくて、悲しくて。

さまざまな感情がせめぎ合い、由弦は涙が止められない。

由弦が抵抗しないので、惟久矢も息が止まるかと思うほど強く抱きしめてくる。

「今まで、兎惟くんの具合が悪い時、ずっとこうやって……たった一人で悩んで不安を堪えてきたんだな、きみは。その時、きみ達のそばにいられなかったのを、今ほど後悔したことはないよ」

「惟久矢さん……」

「すまない、本当にすまない……」

彼のがっしりとした身体が小刻みに震えているのが、触れ合った肌を通して伝わってくる。

――どうして……？

なぜこの人は、こんなにも心優しいのだろう。

もっと冷淡で利己的な人だったら、嫌いになれたのに。

もう堪えきれず、由弦は両手を彼の背に回し、自ら彼をぎゅっと抱きしめた。

「由弦くん……っ」

惟久矢の手が、ハイネックの襟元を広げ、四年前の噛み跡を確認する。

それがいまだくっきりと残されているのを見ると、彼はそっとそこに口づけてきた。

「……っ」

たったそれだけで、全身を貫くような凄まじい快感が走り、由弦は唇を嚙んで必死にその衝撃を堪える。

「惟久矢さん……」

いけない、また四年前のあの日のように、本能に流されてしまう。

そう危惧しても、止められない。

彼に抱かれたいと、触れてほしいと願っている自分がいる。

だが、そこで半身を裂くように苦しげに、惟久矢が身体を離した。

「……すまない、きみを長い間悲しませたから、こんなことを言う資格はないのかもしれないが、何度でも言わせてくれ」

「惟久矢さん……」

「私はここできみと兎惟くんと、しらたまと一緒に暮らしたい。どうか、私のプロポーズを受けてくれ」

やはり彼はそのつもりで、この屋敷を購入したのか。

はっきり意思表示されると、その重さにとまどう。

「し、信じられない……っ、俺、前にちゃんと断ってますよね？　なのに、こんな高い物件買っちゃうなんて……」

「断られても、イエスと返事をもらえるまで何度でもアタックするから問題ない。今度はもうあきらめないと決めたからな」

「そんな……」

「とりあえず、いったん落ち着いてなにか飲もう」

惟久矢がそう提案してきたので、由弦もためらいがちに頷く。

それから二人は一階に下り、キッチンで惟久矢がホットミルクを作ってくれた。

「少しは落ち着いたか……？」

「はい……取り乱してすみません」

蜂蜜《はちみつ》入りのホットミルクを飲みながら、由弦は赤くなった目許を擦る。

「腫れが残るから」

すると、惟久矢は冷蔵庫からアイスパックを取ってきてくれたので、ありがたくそれで目許を冷やす。

こんなに泣いてしまったのは、父達の葬儀以来かもしれない。

深夜だけに周囲はしんと静まり返っていて、まるで世界でたった二人きり取り残されてしまったようだ。

四年前のあの晩以来、初めて落ち着いて話ができる環境になったものの、由弦はどうしていいかわからなかった。

「一度、きちんと話がしたかった。再会してから、ますますきみのことばかり考えている。きみも私のことを憎からず思ってくれていると感じるんだが、それは私のただの自惚れか……？」

「……」

徐々に核心を衝かれ、由弦はマグカップを両手に持ったままうつむく。

「きみはご両親を亡くし、誰にも頼らずたった一人で兎惟くんを育ててきた。それは並大抵の苦労ではなかったと思う。どうか、これからはきみと兎惟くんの支えにならせてほしい。共に、これから先の人生を生きてほしいんだ」

ともすれば惟久矢の言葉に頷いてしまいそうで、由弦は気力を振り絞る。

「……それって、俺がオメガだからですか？」

「え……？」

「もし俺がオメガじゃなくて、惟久矢さんがアルファじゃなかったら、俺達きっとこうはなっていなかったですよね？」

長年心に引っかかっていたことを、由弦はついに口にする。

「俺、自分がオメガとして生まれたのはなぜなんだろうって、ずっと思って生きてきました。父さん達はアルファとオメガとして出会って、自分達は運命のつがいだってしあわせそうだったけど……周りの友達は皆ベータで、ごく普通の学生生活を送ってるのに、どうして俺だけアルファに追いかけ回されなきゃいけないんだろうって、なかなか受け入れられなかった」

現在の日本では、一応公式に認められてはいるものの、まだまだアルファとオメガの存在は一般的ではなく、引け目に感じることも多かった。

過去を思い出し、由弦はぎゅっと唇を噛む。

「前もお話ししましたけど、本当は惟久矢さんから声をかけられるよりずっと前から、公園で見かけたあなたのことを知っていて……心惹かれていたんだと思います。あなたの自惚れなんかじゃありません。ずっとずっと、好きだった」

「由弦くん……」

「でも、この気持ちはあなたがアルファで、俺がオメガだからなんだと思うと……恋じゃなくてただの本能なのかなとか、いろいろ考えちゃって……」

他人から見ればどうということもない、ひどく些末《さまつ》な悩みなのかもしれない。

だが、生まれて初めて心惹かれた相手がアルファだった由弦にとって、この気持ちが本能に支配された予定調和なのかもしれないと思うと切なかったのだ。

「だから惟久矢さんが、俺のこと好きって言ってくれるのも、プロポーズしてくれたのも、ただの一夜の遊びなのにつがいにしちゃった責任感からだろうと思って……」

「違う……！　とんでもない誤解だ！」

すると、皆まで言うより先に、惟久矢が声を高くする。

「四年前のあの晩、公園できみを見かけて、気になっているという話をしたことがあっただろう？」

「え、ええ……」

「照れくさくて控えめに表現してしまったが、私も……声をかけるより前から、あの公園でランチを摂っている由弦くんの姿を何度も見かけていた。本当は順番が逆だ。きみに会いたくて、きみを見たくてあの公園に通っているうちに、公園の君にも出会ったんだよ」

「え……？」

今まで知らなかった真実を聞かされ、由弦は驚く。

「あの頃、海外赴任が決まって、母はその前に結婚させてから渡米させたかったらしくて、私の結婚相手探しに熱心だったんだ。騙《だま》されてホテルのラウンジに呼び出されて、無理やり見合いをさせられたよ。だが、何人のオメガの男性や女性に会っても、こんなに心が震えるような感覚はなかった。だから思ったんだ。きみは私にとって、運命のつがいじゃないかと」

「運命の、つがい……？」

アルファとオメガにとって、唯一無二の存在である、運命の伴侶。

一度巡り会ってしまったら、もう離れられない存在。

「はっきりと確信したのは、四年前のあの晩、きみを抱いた時だ。気づいた時は、もう興奮を抑えられなかった」

「そんな……俺なんかが惟久矢さんの運命のつがいだなんて、あり得ないです。釣り合わなさ過ぎるし……」

慌てて否定したが、惟久矢は考えを変える気はないようだ。

「きみを見ていればいるほど、運命を感じた。会社で偶然きみに出会った時には、千載一遇《せんざいいちぐう》のチャンスだと思って声をかけたよ。そして同じ日に、あの路地できみと偶然鉢合わせしたのも、なにかの運命だと思った」

「惟久矢さん……」

信じられない、自分と彼が運命のつがいだなんて。

だが、果たしてそうなのだろうか？

これほどまでに彼に心惹かれる理由を、本当はうすうす気づいていたくせに、気づかないふりをし続けてきたのではなかったか？

まだ困惑している由弦に、惟久矢が告げる。

「触れても、いいか……？」

「……っ」

答えられない。

気持ちは自分もそれを求めているのに。

すると、緊張する由弦をあやすように、宥めるように惟久矢がダイニングのテーブル越しに大きな手でそっと頬に触れてきた。

その温かな手で触れられただけで、強張っていた心も身体もふっと緩んでくる。

ああ、やはりずっと求め続けていたこの温もりを拒めないのだと、痛感させられた。

由弦が拒絶しないのを確認して、椅子から立ち上がり、回り込んできた惟久矢が背中からそっと抱きしめてくる。

広い大きな胸に抱き込まれ、由弦はその心地よさにうっとりと目を閉じた。

「教えてくれ、きみの心にブレーキをかけている存在を。問題があるなら、二人で乗り越えよう」

重ねて言われ、はっと我に返る。

そうだった、流されてはいけない。

「やっぱり駄目です……っ、お母様が……」

無意識のうちに口走ってから、しまったと後悔した。

「母？　私の母のことか？　どうしてここで母が出てくるんだ？」

案の定、惟久矢は不思議そうだ。

「な、なんでもないんです」

慌てて誤魔化して立ち上がり、惟久矢の腕から逃れようとするが、それを惟久矢に二の腕を摑まれて阻止されてしまった。

「もしかして、四年前のあの晩、母に会ったのか？　なにか言われた？」

「……っ」

察しのいい惟久矢に核心を衝かれ、由弦は沈黙するしかない。

それが答えだと受け取ったのか、惟久矢が低く唸った。

「なんてことだ……あの晩うっかり眠ってしまって、目覚めたらきみはもういなかった。慌てて捜したら、いつのまにか母がリビングで引っ越しの手伝いを勝手にしていたんで焦ったよ。だが母はいつも通りだったんで、てっきりきみが帰った後に来たとばかり思っていたんだが……そういうことだったのか」

「……お母様の対応は当然です。惟久矢さんには俺なんかより、もっと素敵な伴侶がいくらでも見つかるんですから」

「由弦くん……」

「俺、身寄りがないって話しましたよね？　俺にはもう反対する家族も、賛成してくれる家族もいない。だから……惟久矢さんには、ご両親にちゃんと祝福された結婚をしてほしいんです」

それは、嘘偽りのない由弦の本心だった。

この温もりを手放したくない、心も身体も彼を求めているけれど。

気を抜くと涙が出てしまいそうだったので、なんとか笑顔を作る。

「どうか、しあわせになってください、惟久矢さん。それが俺の願いです」

そう告げると、矢も盾もたまらなくなったように再び惟久矢に抱きしめられる。

「私がしあわせになるには、きみと兎惟くんが必要なんだ。なぜ、わかってくれない……？」

「惟久矢さん……」

「母のことでも、長い間きみを悩ませていたんだな。本当にすまなかった。タイムマシンがあったら、あの晩の私を殴ってでも絶対寝るなと説教してやりたいよ」

うつむき、顔を上げられない由弦の頬を大きな両手で包み込み、惟久矢が正面から視線を合わせてくる。

「母の意見は関係ない。結婚は私達が決めることだ。だが、きみが気にするなら、二人で母に会いに行こう。私が必ず、母を説得してみせるから」

「惟久矢さん……」

「心から、きみを愛してる。たった一度だけの関係だったが、この四年間、きみだけを想い続けてきた。母からも周囲からもいくつも縁談を勧められたが、断り続けた。日本に戻って、きみと再会するために」

真摯な惟久矢の言葉は、由弦の心を震わせる。

「何度でも言う。私の人生にはきみと兎惟くんが必要だ。生涯大切にすると誓う。だから、どうか私と家族になってほしい」

息も止まるほどどきつく抱きしめられ、胸が詰まった。

触れ合った肌から、惟久矢の真摯な思いが染み込んでくる。

もう、限界だった。

自分の気持ちに嘘はつけない。

いつしか由弦は、大粒の涙を零していた。

「俺も……会えない間、ずっと惟久矢さんのこと考えてた。ずっとずっと……会いたかった……もう会えない、会っちゃいけないって、わかってたのに……っ」

「由弦くん……っ」

固く固く、万感の思いを込めて二人は抱き合う。

そしてどちらからともなく、ぎこちなく唇を重ねた。

実に、四年ぶりの口づけだった。

「ん……っ」

軽く唇を合わせただけで、頭の芯がジンと痺れるような深い陶酔が由弦を満たす。

ああ、ずっとこうしたかった。

こうしてほしかったのだと、魂が惟久矢を求めている。

言葉を交わしたのは、ほんのわずか。

たった一晩だけの関係でも、ずっとずっと好きだった。

いやでもそう認めざるを得なかった。

「由弦くん……っ」

惟久矢も、情熱的に由弦の唇を求めてくる。

角度を変え、何度も何度も。

二人は離れ離れだった年月を取り戻すかのように、口づけに没頭した。

どれくらい、時間が経っただろうか。

ふと我に返った由弦は、慌てて惟久矢から身体を離す。

「う、兎惟の様子、見てこなきゃ……」

「そ、そうだな。一緒に行こう」

惟久矢もようやく平静を取り戻し、キスの後の気恥ずかしさを誤魔化すように二人で二階へと急ぐ。

そっとゲストルームを覗くと、兎惟は薬のせいかぐっすり眠っていた。

呼吸も落ち着いていたので、ほっとする。

「熱も少し下がったようだ」

非接触式体温計で兎惟の熱を測り、惟久矢が小声で告げた。

「よかった……」

由弦は、惟久矢に向かって言う。

「俺、兎惟についてるので惟久矢さんはもう休んでください。明日お仕事なんでしょう？」

「きみだってそうじゃないか」

小声で会話しながら、惟久矢は兎惟の足許に椅子を二つ並べ、由弦の隣に座る。

「今夜は二人で兎惟くんについていよう」

「……はい」

惟久矢がつと手を伸ばしてきたので、少しためらった末、由弦もその手を取る。

ぎゅっと互いの手を握る、ただそれだけのことがこんなにもしあわせで。

二人は言葉を交わすことなく、静かに兎惟に付き添ったのだった。


そして、長い夜が明け。

由弦はベッドの兎惟の足許に置いた椅子に座ったまま、うとうととしていたが、

「ゆづたん……どこ……？」

か細い兎惟の呼ぶ声で、跳ね起きた。

見ると、自分の身体にブランケットがかけられている。

きっと惟久矢がかけてくれたのだろう。

そして、いつのまにか惟久矢の姿は部屋にはなかった。

「兎惟っ、気分はどう？」

「うん……のどかわいた」

急いで用意してあるスポーツドリンクを少しずつ飲ませ、熱を測ってみると三十七度二分まで下がっていたのでほっとする。

「おなかは？」

「すこし、へった」

「待ってて、なにか食べるものもらってくるからね」

そう言い置き、急いで一階へ向かうと、オープンキッチンの方から出汁《だし》のいい香りが漂ってくる。

「おはよう、兎惟くんは起きたか？」

キッチンでは、惟久矢が忙しく立ち働いていた。

「食べられるかわからないが、うどんを柔らかく煮てみたんだ」

「あ、ありがとうございます」

どうしてこの人はこうやって、自分の欲しいものがすぐにわかってしまうのだろう？

兎惟が食べやすいようにと、惟久矢は短く箸で切ったうどんを小鉢によそい、フォークも用意してくれる。

「子ども用の食器を用意してなかったな。すぐに買い揃えておくよ」

「……俺はまだ、ここに住むなんて言ってませんよ」

慎重にそう答えたが、惟久矢はまったく堪える様子もない。

「はは、そうだったな。でも遊びに来た時のためにもあった方がいいだろう？」

「……」

昨晩はみっともなく取り乱してしまった自覚があるので、由弦は惟久矢の顔が正視できなかった。

すると、惟久矢が言った。

「ゆうべはやっと、きみの本音を聞かせてもらえて嬉しかったよ」

「惟久矢さん……」

「時間が必要なら、いくらでも待つ。だから私とのことを真剣に考えておいてほしい」

「……それは……」

「兎惟くんに食べさせたら、私達も朝食にしよう。同じうどんでもいいか？」

「ええ、ありがとうございます」

こうして、また二人で二階のゲストルームに向かい、由弦が兎惟にうどんを食べさせる。

ふぅふぅと冷まして口に入れてやると、食べさせてもらえて兎惟は嬉しそうだ。

「これ、いくたんがおうどんつくってくれたの？　おいしいよ」

「そうか、まだあるからよく嚙んで食べなさい」

「うん」

兎惟が半分ほど食べ、自分達も交代で簡単に朝食を済ませると、由弦はスマホから保育園に欠席の連絡を入れた。

その後、心配しているだろう沙由里のところへも電話する。

大分熱は下がったのだが、今日は店を休ませてほしいと頼むと、沙由里は二つ返事で了承してくれた。

「いつもすみません、沙由里さん」

今までも兎惟の具合が悪い時はいやな顔一つせず休ませてくれる沙由里に、由弦は心から感謝していた。

『大丈夫よ。でもお熱が下がって本当によかったわ。お大事にね』

「はい、ありがとうございます」

沙由里との電話を終えてゲストルームへ戻ると、惟久矢が、兎惟にスプーンで林檎《りんご》のすり下ろしを食べさせていた。

「はい、あ〜んして」

「あ〜ん」

熱でまだ口がまずいのか、冷たくて甘いものを欲しがる兎惟に、惟久矢はミキサーですり下ろした林檎を少し冷やしてくれたらしい。

「あまくておいし～い」

「そうか、もっと食べるか？」

「うん」

あ～んと雛のように愛らしく口を開け、次をねだる兎惟は、完全に惟久矢に甘えている。そんな二人の仲睦まじい様子を見ていると、兎惟と父親を引き離している自分が悪人のように思えてきた。

兎惟は信じられないほど惟久矢に懐いているし、自分の気持ちもとうとう惟久矢に白状させられてしまった。

今さら悩んだところでしかたがないのに、由弦はまだ踏ん切りがつかない。

――だって……惟久矢さんのお母様は、俺と惟久矢さんのこと、許さないよ、きっと。

惟久矢はああ言ってくれたが、四年前のあの晩、自分を金で追い払おうとした彼の母親の表情を思い出すだけで胸が潰れるような思いがする。

親に反対されるような結婚を、惟久矢にはさせたくなかった。

彼には世界中の誰よりも、しあわせになってほしかったから。

由弦が戻ったことに気づくと、惟久矢が「私も溜まりに溜まっていた有休を使うことにした。兎惟くんを病院に連れていったら、今日は三人でうちでのんびりしよう」と言った。

「え、でも……」

「わ～ホント？　いくたんもずっといてくれるの？」

由弦が断るより先に、兎惟が布団から跳ね起き、惟久矢の首にしがみつく。

「いくたん、だっこして〜」

「う、兎惟、駄目だよ、そんな……」

「いいさ、ほら」

と、惟久矢は嬉しそうに兎惟を抱き上げる。

「わ〜たかい！　ゆづたん、まえにおんぶしてもらったときも、すっごいたかかったんだよ。ゆづたんも、いくたんにおんぶしてもらったら？」

などと、兎惟がとんでもないことを言い出す。

「ゆ、ゆづたんは重たいから、そんなことしたらいくたんが潰れちゃうから無理だよっ」

惟久矢に背負われるところを想像し、由弦は慌ててしまう。

「そんなことはないぞ。よし、今度由弦くんもおんぶしてあげよう」

惟久矢は、由弦が動揺しているのを知りながら人の悪い笑みを浮かべている。

前言撤回。

惟久矢さん、ほんのちょっと意地悪だと由弦は頰を膨らませた。

「いくたん、いつもこんなたかいとこからみてるの？　こわくない？」

「そうだな。すっかり慣れちゃったよ。兎惟くんは怖いか？」

「ううん、たのしい！」

惟久矢の笑顔を見ていると、四年ぶりに、彼の口づけを受けたうなじの嚙み跡がじわりと疼《うず》く。

もし……彼が本当に自分の運命のつがいだとしたら。

それはそれで、由弦に別の恐怖をもたらす。

もしオメガの父のように、惟久矢を先に失ったらと想像するだけで気が遠くなる。

こんなにも彼が好きなのに、同時にまた逃げ出したいと思う相反する気持ちに、由弦は引き裂かれそうになっていた。


その後、かかりつけの小児科を受診するとインフルエンザの検査は陰性で、風邪だと診断されてほっとする。

それから再び惟久矢の屋敷に戻り、結局もう一泊させてもらってしまった。

そして、その翌朝。

「もうかえるの？　いくたんは？」

ずっと一緒だったので、惟久矢の屋敷を出ると聞くと、兎惟がぐずり出す。

「惟久矢さんはお仕事なんだ。兎惟はこれから、ゆづたんと一緒にアパートに帰るんだよ」

「いくたんには、つぎいつあえるの？」

寝間着代わりに惟久矢のTシャツを着せられていた兎惟は、由弦に自分の服を着替えさせられながら寂しそうに惟久矢を見上げる。

すると惟久矢は膝を折って兎惟の目線に合わせ、言った。

「兎惟くんのお風邪がよくなったら、すぐまた会えるよ。そしたら一緒に遊ぼう」

「……うん」

離れるのがよほど寂しいのか、兎惟は惟久矢の首にぎゅっとしがみつく。

そうしていつまでも離れようとしないので、惟久矢があやすように抱き上げ、三人で二階のゲストルームから一階のリビングへ移動する。

「兎惟、惟久矢さんを困らせちゃ駄目だよ」

一階に下りても兎惟がまだ惟久矢から離れようとしないので、由弦がそう宥めた時、玄関のインターフォンが鳴る。

惟久矢が兎惟で両手が塞がっていたので、由弦は気を利かせて「俺が出ますね」とモニターに向かった。

「はい」

訪問者を画面で確認し、由弦はギクリとする。

画面に映っていたのは、忘れもしない、着物姿の惟久矢の母親だったのだ。

『開けてちょうだい』

「し、少々お待ちください」

慌ててインターフォンを切り、由弦は惟久矢を振り返る。

「惟久矢さん、お母様がお見えです……」

「なんだって⁉」

惟久矢も寝耳に水なのか、あっけに取られている。

「最近、なぜ毎週末出かけているんだとうるさく聞かれて、こちらに別荘を買った話だけはしていたんだが……まさかいきなり訪ねてくるとは思わなかった……」

「お、俺達裏口から出ますね」

慌てて兎惟を受け取り、行こうとすると、惟久矢がその腕を掴んで引き留める。

「なぜそんなことをする必要がある？　きみ達は私の大切な人だ。きちんと母に紹介させてくれ」

「惟久矢さん……」

そして惟久矢は、由弦に抱っこされている兎惟に告げる。

「兎惟くん、これから私のママに会う。きみと由弦くんのことを、私の大切な人だと紹介してもいいだろうか？」

幼児相手に真面目に承諾を得るところが、実に惟久矢らしい。

すると兎惟は少し考え、うんと頷いた。

「いいよ！　いくたんはういにとっても、だいじなひとだもん！」

「兎惟……」

「そうか、ありがとう。兎惟くん」

それで百人力を得たのか、惟久矢は意を決した様子で電動ゲートを解除し、その後玄関のドアを開く。

外に立っていた惟久矢の母、弓枝《ゆみえ》は険しい表情でただじっと兎惟を抱く由弦を見つめている。

「母さん、紹介します。私の大切な人の、由弦くんとその息子の兎惟くんです」

惟久矢が堂々と告げると、弓枝は深いため息をつく。

「あなたが突然湘南に別荘を買ったと聞いてから、こんなことじゃないかと思ったんですよ。私がさんざん手を尽くして、あなたにふさわしい結婚相手を探してきたのを、片っ端から断った理由がこれなの？」

「お母様、あの……」

母親に糾弾される惟久矢を見かねて、由弦が思わず口を開くと「あなたにお母様と呼ばれる筋合いはありませんよ」とピシリと拒絶されてしまった。

「あなた、確か四年前の人よね？　執念深く、まだうちの惟久矢を狙っていたの？」

「……っ」

「母さん、なんてことを言うんだ」

「とにかく！　私は認めませんからね」

その時、弓枝が右手に提げていたキャリーバッグから、にゃあと鳴き声がする。

見ると、そこにはロシアンブルーの猫が入っていた。

「わ～、かわいいねこちゃん！」

猫好きな兎惟が、真っ先に反応する。

「惟久矢、あなたが私と東京に戻ると言うまで、私もここに滞在させてもらいますからね」

「え、ええ⁉　本気ですか？」

「だからミアちゃんも連れてきたんじゃないの。ねぇ、ミアちゃん？　すぐ送った荷物が届くから、受け取っておいてちょうだい」

一方的にそう告げると、弓枝はもう由弦達の存在などなかったかのように無視し、さっさと屋敷の中へ入っていってしまった。

後にはあっけに取られた惟久矢と由弦達が残される。

「惟久矢さん、とりあえず今日のところは帰ります」

再び彼の母に拒絶されたショックを隠し、由弦はなんとか笑顔を作った。

「……すまない。母は必ず説得する。また連絡するから」

「……はい」

お世話になりました、と会釈し、由弦は兎惟を連れて屋敷を出た。

――やっぱりお母さん、俺のこと憶えてたんだ……。

きっと自分のことは、惟久矢につきまとう悪い虫かなにかのように思われていたのだろう。

覚悟はしていたものの、やはり堪えた。


その後、兎惟とアパートに戻ったものの、由弦は惟久矢と弓枝のことが気にかかってしかたがなかった。

――――俺のせいで、惟久矢さんがお母さんと仲違いするなんて絶対駄目だよ……。

ともすれば、やはり自分さえ身を引けば八方丸く収まるのでは、という考えが頭をよぎる。

とりあえず火曜日はまだ兎惟を安静にさせていたが、すっかり熱も下がり、元気になったので水曜日は普段通り兎惟を保育園に送り、由弦も『猫もふ茶房』へ出勤する。

だが仕事中も、つい上の空になってしまって、こんなことではいけないと反省した。

そんな由弦を、キャットタワーに優雅に寝そべったしらたまが物言いたげな視線で見下ろしている。

「なに？　なんか言いたいことあるわけ？　しょうがないじゃんか、だって俺は……惟久矢さんにふさわしくないし」

ほかにお客もいなかったので、こっそり小声でしらたまに愚痴を聞いてもらう。

すると、『ふん、おまえの悩みなぞ取るに足らん些末なことだ』とでも言うように軽くあしらわれてしまった。

「そんなにつれなくするなよ～。ますます心が折れるだろ」

そう泣き言を言うと、しらたまは『やれやれ、しかたない』といった表情で身軽にキャットタワーから下りてきた。

にゃあん、と鳴いて抱いてもいいと許可をくれたので、「え、いいの？」と由弦は喜び勇んでしらたまを抱き上げる。

ごくたまに、気の向いた時にしか抱かせてくれないしらたまのモフモフ加減をじっくり堪能すると、落ち込んだ気持ちも少し浮上してくる。

「……そうだよね。惟久矢さんと頑張るって決めたんだから、落ち込んでなんかいられないよね」

しらたまの背を撫でながら、そう自分に言い聞かせた。

それから、数日。

惟久矢は意地になって現在も屋敷に滞在し続け、毎日湘南から都内へ通勤しているらしい。

弓枝も宣言通り、いまだ頑として居座り続けているとのことだった。

惟久矢からは毎晩、兎惟が寝た後を見計らって電話がかかってきた。

『きみと三人で話したいと言っても、母が聞く耳を持ってくれないんだ。すまない、なんとか説得するから、もう少しだけ時間をくれないか』

「俺のことはいいんです。でも惟久矢さん、通勤大変だから、いったん都内のお部屋に戻られた方がいいんじゃ……」

惟久矢に負担がかかるのではと案じる由弦に、彼は言った。

『きみ達と暮らすなら、この先ずっと湘南に住んで都内に通勤するつもりだったんだから、予行練習だと思えばいいさ』

「惟久矢さん……」

『言いにくいんだが、母はどうも兎惟くんのことを……きみとほかの男との間の子だと思い込んでいるようなんだ』

「そうなんですか……」

言われてみれば、あれから四年も経っているのだから、兎惟は別の男との間にできたと思われても不思議はない。

『もちろん、何度も兎惟くんは私の子だと説明したが、まだ信じてくれないんだ。目許なんか、あんなに私にそっくりなのに』

と、惟久矢は不本意そうだ。

『今週の日曜、兎惟くんを連れて遊びに来てくれ。こうなったら強硬手段だ』

「でも……本当にいいんですか？」

そんなことをしたら、また彼ら親子の間がこじれるのではないかと由弦は案じたが、惟久矢の決心は固いようだ。

『できれば祝福してほしいが、どうしてもわかってもらえなくても私の気持ちは変わらない。兎惟くんと三人で一緒に暮らそう』

「……惟久矢さん」

彼の気持ちは嬉しかったが、一抹の割りきれなさを抱えたまま、由弦は電話を切った。

ところが。

土曜日の夕方になって、惟久矢から突然電話があった。

ちょうど『猫もふ茶房』での仕事を終え、自転車で兎惟を迎えに行くところだったので、由弦は電話に出る。

「はい、こんな時間になにかあったんですか？」

普段ならまずかけてこない時間帯だったので、心配になってそう尋ねると、惟久矢は電話口でわずかに言い淀んだ。

『急にすまない。今母から電話があって、ミアがいなくなったらしいんだ』

「え、お母様の猫ちゃんが？」

『窓が開いてるのに気づかず、少し目を離した隙にいなくなったらしい。今まで外に出たことがない子だから、怖い思いをしてるんじゃないかと母がかなり取り乱している。私もこの辺の地理に詳しくないから聞きたいんだが、家猫が外に出た場合、どこに行く確率が高いんだろうか？』

惟久矢もどうしていいかわからず、土地勘のある由弦に連絡してきたようだ。

「それ、どれくらい前ですか？」

『いないと気づいたのは、三十分ほど前らしいが』

「なら、まだそう遠くへは行ってないはずです。俺、近所を探してみます。ミアちゃんの写真を送ってもらえますか?」

『それはかまわんが、仕事は終わったのか?　兎惟くんは大丈夫なのか?』

「はい、今保育園にお迎えに行くところだったので、沙由里さんに預かってもらいますから」

そう答えると、惟久矢は『すまないが、よろしく頼む。私もすぐそちらに戻るから、後で合流しよう』と言った。

聞けば、惟久矢は前々から決まっていた会社関係の接待ゴルフで今伊豆《いず》にいるらしい。

電話を切ると、由弦は急いで保育園へ向かい、兎惟を連れて『猫もふ茶房』へ戻る。

沙由里に事情を説明すると、沙由里は快く兎惟を預かると約束してくれた。

「ゆづたん、ういもいっしょにいく!」

一目見ただけだが、弓枝のミアを気に入っていた兎惟が、ついてきたがる。

「危ないから、兎惟はここで待ってて。ね?」

「やぁだ……」

それでも少しごねていた兎惟だったが、そこへしらたまがすっと擦り寄ってきた。

そして兎惟に向かって、にゃあんとなにかを訴えると、兎惟は「……わかった」となぜかあっさり納得してくれた。

――もしかして、しらたまが説得してくれた……?

そんなバカな、と思いつつも、由弦は取るものも取りあえず自転車で外へ出る。

完全な家猫は、外へ出たとしてもそう遠くへは行かないことが多い。

「ミア！　ミア！　どこにいるの？」

名前を呼びながら、まずは惟久矢の屋敷周辺を回ってみるが、反応はない。

――確か、近くに空き地があったよな。

近隣の地理は頭に入っているので、由弦は猫が好きな草むらや室外機のそばなどの温かい場所、または寝床になりそうな場所を重点的に探した。

「ミア！」

自転車を降り、這いつくばって草むらを探し、近くに人がいれば惟久矢に送ってもらった写真画像を見せて、この辺で見かけなかったかと聞いてみる。

だが、ミアを目撃した人は誰もいなかった。

――いない……いったいどこ行っちゃったんだろう？

外に出たことのない家猫が、初めて外の世界で車に遭遇したら、今頃さぞ怖い思いをしているだろうと思うと気が気ではない。

由弦は電柱の裏から狭い場所なども、片っ端から覗き込んだ。

タイミングが悪いことに、急に雨までぱらついてくる。

濡れると体温が奪われてしまうので、ますます早く見つけ出さなければと焦った。

レインコートを取りに戻る間も惜しく、そのままミア探しを続行する。

途中、惟久矢から連絡があり、そちらに向かっているが渋滞に嵌まってしまい、もう少しかかりそうとのことだった。

それから雨の中、さらに一時間ほど探したが、どこにもミアの姿はない。

この周辺にいないとなると、さらに捜索範囲を広げた方がいいのだろうか。

雨に濡れそぼった身体は、夏とはいえじょじょに冷えてくる。

急がなければ、こちらも風邪を引いてしまいそうだ。

と、その時。

雨の中でかすかににゃあ、と猫の鳴き声が聞こえ、由弦はびくりと反応する。

慌てて振り返ると、少し先にある民家の塀の上に一匹の白い猫が座っているのが見えた。

近づいてみると、それはなんとしらたまだった。

「しらたま⁉　おまえ、なんでこんなところにいるの？」

ひょっとして、また『猫もふ茶房』を抜け出してきたのだろうか？

驚いている由弦を尻目に、しらたまは優雅に尻尾を立て、まるで「ついてこい」とでも言いたげにさっさと塀の上を歩き始めた。

「ま、待ってよ！」

慌てて自転車を引き、しらたまの後を追う。

「なぁ、俺今忙しいんだよ。頼むから下りてきてくれない？　ミアが見つかったら、後でいくらでも遊んであげるからさ」

自転車を引きながらそう話しかけると、しらたまから『この私が、おまえごときに遊んでほしがっているとでも？　は？』という視線で見下ろされてしまう。

「……最近、言いたいことがすっごく伝わってくる気がするぞ。おまえ、ホントに人間みたいだよな……」

そんなやりとりをしているうちに、惟久矢の屋敷からどんどん離れていく。

「なぁ、もういい加減に……」

と言いかけた時、しらたまがようやく塀の上から身軽に飛び降りた。

そして、そのまますごいスピードで走り出す。

「待ってってば！」

このまま、しらたままで行方不明になってしまったら大変だ。

あまりに早いので、由弦も自転車に乗って必死に追いかける。

しらたまが入っていったのは、惟久矢の屋敷から徒歩十分ほどの距離にある小さな公園だった。

『猫もふ茶房』や保育園のそばには大きな総合公園があるため、兎惟が遊ぶのはいつもそちらなので、由弦もあまり来たことがない場所だった。

「しらたま！　どこ？」

急いで追いかけたが一瞬にして姿が見えなくなってしまい、由弦は自転車を停め、狭い公園内を探し回る。

すると……。

にゃあ、とか細い鳴き声が聞こえてきて、茂みの下を覗き込むと、そこには雨を避けるように小さく身を縮めたミアの姿があった。

「ミア……⁉」

まさかこんな遠くまで来ていたとは思わず、由弦は驚きつつもそっと手を伸ばす。

するとよほど心細かったのか、ミアは少しためらったが由弦にされるがままに抱き上げられても大人しくしていた。

「無事でよかった……」

心からほっとしたが、すぐしらたまのことを思い出す。

「しらたま？　どこ？」

ノースリーブのタートルネックの上に羽織っていたシャツを脱いでそれでミアをくるみ、抱っこしたまま公園内をあちこち探すが、しらたまの姿は忽然と消えてしまった。

打つ手がない由弦は、念のため『猫もふ茶房』に電話してみる。

「もしもし、沙由里さん？　ミアは無事に見つかったんですけど、今度はしらたまがいなくなっちゃって……」

途方に暮れ、そう報告するが。

『え？　しらたま？　なんの話？　しらたまなら、ずっとここにいるけど？』

と、不思議そうな沙由里の返事があった。

「ええっ⁉」

沙由里の話では、しらたまはあれからずっと兎惟と遊んでいて、もちろん店内にいるという。

「……わかりました。ありがとうございます」

それでは、今まで自分が見たり喋ったりしていたものはなんだったのか？

さっぱり訳がわからなかったが、由弦はとにかくミアが見つかったと惟久矢にメールした。

これから連れていくと入力し、濡れないようシャツでくるんだミアを前カゴに入れて、雨の中自転車を漕ぎ出す。

惟久矢の屋敷前まで戻ってきた時、ちょうど正門から傘を差して出てきた惟久矢が見えた。

「惟久矢さん」

声をかけると、急いで走ってきた彼は、由弦に傘を差し掛けてくれる。

戻ったばかりなのか、まだゴルフウェア姿のままだ。

「今さっき着いたところだ。ちょうどきみを捜しに行くところだった」

「ミア、見つかりましたよ。雨を避けて茂みの中に隠れてたので、濡れていなくてよかったです。見たところ、怪我はしてないようですけど、心配なら念のためかかりつけの獣医さんに診てもらったらいいと思います」

と、報告したが、惟久矢はミアより濡《ぬ》れ鼠《ねずみ》になっている由弦の方が気になるらしく、ハンカチを取り出して髪を拭ってくれる。

「こんなに濡れて……よく見つけてくれた。さぁ、中へ入って身体を拭かないと。母もきっと喜ぶ」

そう言われたが、由弦は首を横に振ってミアを彼に手渡した。

「ミアは、惟久矢さんが見つけたことにしておいてください」

「なぜだ？」

「なんか、惟久矢さんとのことを許してほしくて、お母様のご機嫌取ったみたいに思われたくないんです。明日、改めて伺ってそこでちゃんと俺の気持ちをお母様に話しますから、今日はこれで帰りますね」

「由弦くん……」

ぺこりと一礼し、由弦はさっさと自転車を漕いで引き揚げた。

そしてその足で、今度は『猫もふ茶房』へと急ぐ。

「あらあら、びっしょりね。早く拭きなさい、風邪を引くわよ」

到着するなり、タオルを手に沙由里が待ち構えていたので、ありがたくそれを借りて濡れた髪を拭く。

「ゆづたん、ミアちゃんみつかってよかったね！」

しらたまを抱っこし、重そうによたよたと歩いてきた兎惟が嬉しそうに言う。

バックハグで前足の下に手を回して抱き上げているため、しらたまが妙に長い。

ほかの人間が同じことをしたら相当荒ぶりそうだが、兎惟にはされるがままのしらたまなのであった。

「兎惟、ずっとしらたまと遊んでたの？」

「うん！　あのね、しらたまがね、きっとミアみつかるよっておしえてくれたの。しらたまのいうとおりだったね！　よかった！」

その返事に、由弦は思わずまじまじとしらたまを見つめてしまう。

するとしらたまは、いつものツンデレ加減でそっぽを向き、そしてちらりと流し目をくれた。

まるで、『よけいなことは言うなよ？』と釘を刺すように。

――しらたま、おまえいったい何者なんだ……？

しらたまにまつわる数々の不思議現象に首を傾げながら、由弦は小さくくしゃみをした。


そして、いよいよ訪れた週末。

由弦は鏡の前で何度も身だしなみを整え、深呼吸した。

一応持っている服の中で一張羅《いっちょうら》のジャケットを羽織り、きちんとしたつもりだ。

受け取ってもらえるかどうかわからないが、弓枝が好きそうな和菓子の菓子折も用意した。

「……よし、行こうか！　兎惟」

「うん！」

兎惟を連れて惟久矢の屋敷を訪れると、惟久矢が玄関先で出迎えてくれる。

「あの、まずお母様と二人でお話しさせてもらってもいいですか？」

「ああ、もちろんだ。兎惟くん、一緒に庭のお花を見に行こうか」

「うん、いく！」

惟久矢に抱っこされ、兎惟はバイバイと由弦に手を振って二人は庭へと向かう。

それを見送り、由弦は一人屋敷内へと入った。

弓枝はリビングでミアを抱き、待ち構えていたので、まずは一礼する。

「今日は俺達のためにお時間をいただき、ありがとうございます」

「……まぁ、おかけなさい」

そう勧められたので、ありがたく向かいのソファーに座らせてもらう。

まず、なにから話せばいいのか。

何度もシミュレーションしてきたはずなのに、いざ弓枝を前にすると緊張ですっかり頭から飛んでしまう。

「えっと……まず誤解があるようなので最初にお話ししますが、惟久矢さんとはあの晩以来、三ヶ月ほど前に再会するまで四年間一度も会ったことはありません。お母様に隠れてやりとりしてたとか、そういうのはないです。それと……信じていただけないかもしれませんが、兎惟はあの時の……惟久矢さんとの間にできた子です」

思い切ってそう切り出すが、弓枝は無反応で、ただじっと由弦を見つめている。

「それで……あの晩、お母様に言われるまでもなく、俺は惟久矢さんには不似合いだっていう自覚はありました。だからあのまま惟久矢さんと連絡を絶って、その後妊娠がわかったんですが、兎惟は俺一人で育てようって決心しました。大変なこともあったけど、あの子がいてくれたから今までなんとかやってこられたんです。兎惟は俺の、宝物です」

そこまで言って、なんだか本題からずれてしまったかなと気づく。

「すみません、なにが言いたいんだったかな……なんかまとまりなくて、申し訳ないです。惟久矢さんが会いに来てくれるまでは、このまま静かに兎惟と二人で暮らしていくんだって思ってました。それが一番しあわせなんだって。でも、惟久矢さんといると兎惟が本当に嬉しそうで……父親だって知らないはずなのに、まるで本能でわかってるみたいなんです。そんな兎惟を見ていたら……俺は自分の都合であの子から父親を取り上げてしまったんじゃないかって、すごく勝手なことをしたんじゃないかって迷いました。俺はオメガに生まれて、なんで自分ばっかりこんな思いをしなきゃいけないんだろうってずっと思って生きてきたんです。普通に生まれて、普通の人生を送りたかったのにって。でもそしたらきっと、惟久矢さんとはこうはならなかった。そう気づいた時、初めてオメガでよかったのかなって思えたんです」

　それは嘘偽りのない、由弦の本心だった。

　つらいことの方が多かったオメガとしての人生は、惟久矢と出会えたことによって相殺して余りあるほどのしあわせをもたらしてくれたのだ。

「俺は……いくじなしで自分に自信がなくて、こうなった今でさえ、まだ迷ってて。惟久矢さんにふさわしい相手じゃないかもしれないけど、でも彼をとても大切に思っています。身を引くことが惟久矢さんのためだってずっと思ってきたけど、今は勇気を出して、彼と兎惟と三人で生きていきたいと願っています。どうか俺たちのことを許してください……っ！」

　そこまで一気に言い終え、由弦はソファーから立ち上がると弓枝に向かって深々と頭を下げた。

長い沈黙が続き、気まずさに由弦が耐えきれなくなってきた頃、弓枝がようやく口を開く。

「それで、あなたの気持ちはやっと決まったのね？」

「……はい」

力強く肯定すると、弓枝はため息をついた。

すると、その拍子にミアが弓枝の膝から床に飛び降り、由弦の足許に身体を擦り寄せてくる。

昨日、助けに来てくれた由弦のことを憶えていたのだろうか。

可愛くて、由弦はミアの背中をそっと撫でてやる。

「ミアを見つけてくれたのは、あなたなんでしょう？」

「え……？　なぜそれを……」

うっかり言いかけ、しまったと臍《ほぞ》を噛む。

「二階の窓から、あなた達が話しているのを見ていたのよ。あなたが惟久矢にミアを渡して帰っていくのを、最後まで見てたわ。惟久矢に口留めしていたのでしょう？　あの子はそれを守ってなにも言わなかったわよ。なぜ隠したの？」

「それは……ご機嫌取りでミアちゃんを探したって思われたくなかったからです。そのことと、惟久矢さんとのことは別ですから」

きっぱりと、由弦はそう言い切る。

「もちろん、簡単にわかっていただけるとは思っていません。お許しいただけるまで、何度でもお伺いするつもりです。惟久矢さんに……俺とのことでご両親と仲違いしてほしくないので」

思いのすべてを伝え、由弦はまっすぐに弓枝を見つめた。

すると、そこにノックの音が聞こえ、リビングのドアを開けて兎惟がひょこりと顔を覗かせた。

「あのね、いくたんがおにわのおはな、つませてくれたの！　みて！」

どうやら、花を摘んだのを見てほしくて、惟久矢が止めるのも聞かずに話し合いの場に乱入してきたようだ。

得意満面の兎惟の背後で、惟久矢が「すまん、止められなかった」といった様子で困り顔だ。

大人達の微妙な雰囲気などまったく意に介さず、兎惟は両手に抱えた花束を「はい」と弓枝に差し出した。

「これ、おばちゃまにあげる！」

「まぁ、私に……？」

てっきり、由弦に渡すと思っていたのだろう。

弓枝が面食らっている。

「うん！　おんなのひとはおはな、だいすきでしょ？」

そう言って、兎惟はにっこりした。

「あのね、うい、いくたんのことだぁいすき！　おばちゃま、いくたんのママなんでしょ？」

「え、ええ、そうよ」

「そしたら、いくたんのこと、だいすきだよね？　ゆづたんも、ういのことだいすきなんだよ？」

兎惟は、歌うように続ける。

「ういはいくたんもゆづたんも、だぁいすき。だからいくたんのママのおばちゃまも、だいすきだよ！」

弾けるような笑顔で言われ、弓枝はひどく困惑しているようだった。

「……ありがとう、兎惟くん」

が、弓枝がそうお礼を言って花束を受け取ってくれたので、由弦と惟久矢もほっとする。

そこで惟久矢はなにを思ったのか、しゃがんで兎惟と目線を合わせ、言った。

「兎惟くんに、いくたんから大事なお話があるんだ」

「なぁに？」

なんだろう、と兎惟が愛らしく小首を傾げている。

「いくたんは、ゆづたんと兎惟くんのことがとっても大好きなんだ。だから、この先ずっと二人と一緒にいたいと思ってる。許してくれるかい？」

「惟久矢さん……」

まさか弓枝の前で兎惟に話すとは思わず、由弦は驚く。

すると兎惟はぱぁっと顔を輝かせ、うんうんと飛び跳ねて頷いた。

「いいよ！　ういもいくたんといっしょにいたいもん！　ゆづたんもだよね？　ね？」

兎惟に同意を求められ、由弦も「うん、一緒にいたい」と思い切って言葉に出してみた。

すると、弓枝にどれほど反対されても頑張れるような気がしてくるから不思議だ。

そのやりとりを黙って聞いていた弓枝は、再びため息をついた。

「参ったわね……これじゃ、まるで私一人が悪者みたいじゃないの」

「お母様……」

「四年前は、失礼な対応をしてごめんなさい。警戒していたのは、今まで何人もうちの財産目当てで惟久矢に言い寄ってきたオメガの方がいたからなの。そのうちの一人にひどい目に遭わされかけて、それから用心深くなってしまって……」

「そんなことがあったのか？　なぜ言ってくれなかったんだ」

弓枝は、どうやらそのことを惟久矢にも伏せていたようだ。

「あの件は、もういいのよ。でも、これもすべて惟久矢、あなたのしあわせを願ってのことだというのはわかってちょうだい」

「わかってます、母さん。でも私は、ついに運命の人に出会えたんだ。由弦くんと兎惟くんと、これから先の人生を共に生きていきたいと願ってる。どうか、祝福してください」

きっぱり母にそう宣言し、惟久矢は深々と弓枝に頭を下げた。

由弦もそれに続くと、よくわからないまま、兎惟も真似をしてペコリとお辞儀をする。

すると、弓枝は苦笑した。

「そのうち、父さんにも由弦さんを紹介なさい」

「母さん……」

「お母様……」

「私の方にも誤解があったみたいだし、由弦くんが心優しい人だというのはミアが懐いていることでわかるわ。年寄りが一人騒いでしまって、申し訳なかったわね。さぁ、兎惟くん、おいしいケーキがあるのよ。おばちゃまと一緒に食べましょうか？」

「うん、たべる！」

弓枝の反応に、由弦と惟久矢はほっとして顔を見合わせ、微笑み合う。

それから兎惟は、愛らしい幼児パワーを余すところなく発揮し、弓枝の膝に乗せてもらってケーキを食べたり、お喋りしたりして瞬く間に彼女のハートを虜《とりこ》にしてしまったのだった。


そこから先はもう、まさに怒濤《どとう》の展開だった。

惟久矢の強い希望で、次の週末には由弦のアパートから引っ越しが決まり、惟久矢の屋敷で同居することになる。

とはいえ、徒歩圏内なので兎惟の保育園も今まで同様に通えるので助かった。

兎惟は惟久矢の屋敷がお気に入りなので、お引っ越しと聞いて大喜びだ。

なにより、惟久矢と一緒に暮らせることが嬉しくてたまらないようだ。

「本当によかったわねぇ、おめでとう、由弦くん」

沙由里には世話になっているので、真っ先に経緯を報告すると、我がことのように喜んでくれる。

「引っ越し、人手は足りているの？　手伝いに行きましょうか？」

「それが、大した荷物もないので、すぐ終わりそうだから大丈夫です。ありがとうございます。

また引っ越ししたら改めてバーベキューパーティをやろうって惟久矢さんが言っているので、その時はぜひいらしてくださいね」

そんな話をしていると、いつものようにキャットタワーの上で寝そべっていたしらたまが身軽く飛び降り、由弦の足に身体を擦りつけてくる。

「ん？　なに？　しらたま」

にゃあん、と鳴いたしらたまは、由弦達の足許をすり抜け、店から勝手にバックヤードへ入っていってしまう。

「こら、しらたま？」

慌てて後を追うと、しらたまはバックヤードに置かれていたキャリーバッグを前足でちょいちょいとつついている。

「え……？」

入り口を開けろ、と催促されている気がして試しに開けてやると、しらたまは自ら中へ入り、キャリーバッグの中に座り込んだ。

「……もしかして、惟久矢さんちにトライアルに行く気になったのか？」

驚いてそう尋ねると、しらたまはまるで返事をするように短く鳴いた。

「あらあら、いったいどういう風の吹き回しかしら。でもしらたまの気が変わらないうちに……」

「はい、惟久矢さんに連絡します！」

と、由弦は急いで惟久矢に電話をしたのだった。


その一報に、惟久矢が大喜びだったのは言うまでもない。

由弦の引っ越しでバタつく前に、としらたまを先に送り届けたものの、今までいかなる里親も拒否し続けてきた猛者《もさ》なので、由弦は気になってたまらない。

だが、惟久矢からの報告によれば、初めて屋敷の中で放されると、しらたまはまったく物怖じすることなく、まるで十年住み慣れた我が家のように寛いでいるとのことでほっとした。

そして、数日後。

今度はいよいよ由弦達の引っ越しで、アパートから運び出した荷物を乗せた業者の車で惟久矢の屋敷の門を潜る。

惟久矢も有休を取って手伝ってくれたので、夕方にはほとんどの荷ほどきを終えることができた。

「しらたま、ごめんんね。落ち着かないだろうけど、もう少しで終わるから」

惟久矢が設置した、リビングのキャットタワーの上で寝そべるしらたまにそう謝ると、彼は片目だけ開けて『やれやれ、早くしろよ』と言いたげな顔でまた目を閉じる。

まだトライアルを始めて数日だというのに、既にこの屋敷の主のごとき貫禄だ。

とりあえず、大きめの荷物は収めるべき場所に収まったので、小物は明日片づけることにし、今日はここまでで良しとする。

夕飯は惟久矢が、一応引っ越し蕎麦《そば》を食べようかということで、天ぷら蕎麦の出前を取ってくれた。

兎惟も蕎麦は大好物なので、たくさん食べた。

食事が終わって、ソファーに移動して三人で頂き物だという焼き菓子を食べていると、頃合いを見計らったようにしらたまが身軽く兎惟の膝の上に飛び乗ってくる。

「なぁに？　なでてほしいの？」

撫でろ、との催促に、兎惟が小さな手で思う存分撫で撫でしてあげる。

心地よさそうに兎惟の膝の上で寛ぐ姿は、すっかりこの家の飼い猫のようだ。

「……でもしらたま、あんなにトライアル拒否してたのに、どうして急に来る気になったんだろう？」

ずっと疑問だったことを口にすると、しらたまを撫でていた兎惟がこともなげに言う。

「それはね、いくたんとゆづたんがくっつくのをまってたんだって」

「……え？」

「さいしょから、ういたちとここにすむきだったっていってるよ？」

「う、兎惟……ホントにしらたまが、そう言ってるの？」

「うん、もうちょっとまってたら、いくたんがういのパパになってくれるってしらたまがいうから、ういね、ずっとまってたの」

思いもよらぬことを言われ、由弦と惟久矢は思わず顔を見合わせる。

「しらたまはね、ういたちのことがきにいったから、かぞくにしてくれたんだって！」

思わず二人がしらたまに注目すると、彼は我関せずとばかりに兎惟に抱っこされてゴロゴロと喉を鳴らしている。

「そういえば、四年前の話なんだが」

惟久矢が、突然思い出したように口を開く。

「ニューヨークに発つ寸前、最後にしらたまにお別れを言いに行ったんだ。そしたら、まるでそれがわかってたみたいに一度だけ、初めて私に抱っこさせてくれたんだよ。あの時は嬉しかったなぁ」

と、惟久矢は手を伸ばし、兎惟の膝の上で優雅に寛いでいるしらたまの背を撫でる。

当のしらたまは、『そんなこともあったかね』とでも言いたげにそしらぬふりだ。

――あ……。

そこで由弦は、四年前のあの晩、最後に惟久矢の願いを叶えてやってと、しらたまに頼んだことを思い出す。

――しらたま、律儀に俺のお願い、聞いてくれたんだ……ありがとな。

嬉しくて、心の中でそうお礼を言う。

言われてみれば、惟久矢の会社近くの公園で暮らしていたしらたまと、遠く離れたこの湘南で再会したのも不自然だった。

そして厳重に戸締まりしているはずなのに、なぜかしらたまだけが何度も店の外へ抜け出していたこと、さらに由弦自身も外で目撃したが同じ時刻にカフェにいたこともあった。

どう考えても人間の言葉も理解している節があるし、思い返せば不思議なことばかりだ。

「……しらたま、おまえひょっとして本物の猫又なんじゃないの？」

思わず由弦がそう口走ると、しらたまは『さぁね』という表情で大あくびをしたのだった。


そんなこんなの話の後、惟久矢が兎惟を風呂に入れてくれたので、由弦はその間に急いで寝室の仕度をする。

惟久矢が由弦のために用意してくれたのは、屋敷でも南側で日当たりのよい、一番いいゲストルームだ。

兎惟の子ども部屋はまた別に用意されていて、壁紙も空模様の明るく可愛らしい雰囲気で統一されていた。

なので、由弦の部屋は主に寝室として使うために、かなり大きめのベッドとシンプルな家具と机がある程度だ。

これから暮らしてみて、由弦の好みに合わせた家具や必要なものを揃えていけばいいと、惟久矢は言ってくれた。

ベッドも、今はシングルサイズを二つ合わせて広く使えるが、兎惟が大きくなった時のことも考え、分けられるようになっている。

この大きさなら、親子三人で寝られそうだ。

自分達を迎えるために、事前にあれこれ心を砕いて用意してくれていた惟久矢の優しさを、しみじみと噛みしめる。

――今日、する……のかな？

そう考えるだけで、胸の鼓動が早くなってしまう。

あれから。

互いの想いを伝え合った後も、なにかとバタバタしていたので、まだ一度も惟久矢とはそういう行為はしていない。

小さな子どもがいるためしかたがないとはいえ、惟久矢も今までよく我慢してくれたと思う。

「お風呂、どう？」

そろそろ二人が上がる頃だと、バスタオルを用意してバスルームを覗く。

すると、腰にバスタオルを巻いた裸の惟久矢が、兎惟の身体に保湿クリームを塗り終え、ちょうどパジャマを着せているところだった。

「あ、すみません。俺やりますから」

「いや、もう終わったよ。これで大丈夫か？」

「ええ」

どうやら惟久矢は、子どもの世話の仕方から寝かしつけなどを事前に猛勉強していたようで、一事が万事抜かりなくて、感心してしまう。

兎惟も惟久矢に抱っこされて嬉しそうで、その首に両手を回して抱きついている。

「ゆづたんも、はやくおふろはいって！　さんにんでいっしょにねよ！」

「わかった。すぐ出るから先にベッドで待っててね」

二人と入れ違いに、由弦も急いで入浴を済ませる。

久々に、一人で入るお風呂だったが、万が一のことがあるのでは、とつい念入りに身体を洗ってしまった。

風呂上がりにパジャマに着替え、そっと部屋を覗くと、薄い暗闇の中、兎惟のベッドの隣で惟久矢が添い寝しているのが見えた。

足音を殺して近づくと、兎惟が気持ちよさそうにくぅくぅと寝息を立てている。

「兎惟、もう寝ちゃったんですね」

惟久矢と暮らすのが嬉しくて大興奮だったので、なかなか寝ないのではと思っていたから意外だった。

「引っ越しで疲れたんだろう。寝かしつける間もなく寝てしまったよ」

惟久矢も、小声で答えながら兎惟を見つめている。

「本当に可愛いな……自分に子どもができるなんて想像もしていなかったが、こんなにも愛おしいものなんだな。愛情が後から後から溢れてきて、自分でもとまどっている」

「惟久矢さん……」

自分のベッドの端に腰かけると、惟久矢が兎惟を起こさないよう静かに上半身を起こし、その大きな手で由弦の頬に触れてきた。

「きみと兎惟くんは、私の宝物だ。一生大切にするよ」

「……俺も、あなたと兎惟を一生大切にします」

自分の手を添え、由弦は惟久矢の大きな手に頬擦りした。

「由弦くん……」

互いの思いは同じだと、肌で感じ取る。

「……私の部屋へ、行くか?」

「……はい」

いよいよだ、と多少緊張しつつも、由弦ははっきりと頷く。

「兎惟が起きないうちに、早めに戻ってこよう」

「ええ」

そして二人はそっと由弦の部屋を抜け出し、惟久矢の寝室へ向かった。

廊下を歩く間もほとんど小走りで、部屋の扉を閉める間も待てずに互いの唇を貪り合う。

「は……ん……っ」

もう、駄目だ。

キスだけですっかり昂《たか》ぶってしまい、そのままベッドの上に押し倒された由弦は、潤んだ瞳で惟久矢を見上げた。

「四年前のあの日、私もきみの香りに誘われて無我夢中だったが、今は違う。素面で……と言ったらおかしいが、ずっと……本能に流されずにきみを抱きたかった」

「惟久矢さん……」

それは由弦も、同じ気持ちだった。

ずっときみが欲しかったと囁かれ、「俺もです」と応じる。

こんなにも、誰かを欲したのは生まれて初めてかもしれない。

ああ、この人に出会うまで、この人のいない世界でいったいどうやって生きてきたのだろう？

それが信じられないほどだ。

発情期であってもなくても、身体中の全細胞が惟久矢を求めている。

今は、素直に認められる。

この人こそが、運命のつがいだと。

もう、一時も待てなくて。

二人は互いのパジャマを脱がせ合い、四肢を絡ませる。

惟久矢と肌を重ねただけで、由弦は目眩がするほどの深い陶酔を感じた。

「きみは本当に、どこもかしこも可愛いな。食べてしまいたいくらいだ」

首筋に、薄い胸に、そして脇腹に。

由弦の全身に、余すところなく惟久矢の唇が触れてきて。

今まで言われたことのない睦言に、初心な由弦はかっと頬が熱くなる。

が、彼にならば食べられてもいいと思った。

「惟久矢さん……好き……大好きっ……」

今までずっと胸に秘めていた想いを思い切って口に出すと、惟久矢が本当に嬉しそうに笑ってくれた。

「私もだよ、由弦。心から愛してる」

短いけれど真摯な愛の告白に、由弦は後から後から溢れてきて、受け止めきれないほどのしあわせを噛みしめた。

「ぁ……んっ」

惟久矢の愛撫は情熱的で、けれど最高級の美術品を扱うように丁寧だ。

彼に触れられるだけで、頭の中が真っ白になってしまう。

はしたないほど、我を忘れてしまう。

自分がこんな風になるなんて、この人に出会うまでは想像もできなかった。

「も……だめ……っ」

快感に慣れていない由弦の身体は、もう今にも達してしまいそうなくらいに昂ぶってしまっている。

「いいよ、何度でも」

「ひ……ぁ……っ」

惟久矢の指先が、オイルの助けを借りて由弦の密やかな蕾《つぼみ》を慎重に解していく。

いつのまに、などと考える余裕もない。

恐らく、これも由弦に苦痛を与えないようにとあらかじめ用意してくれたのだろう。

そんな惟久矢の優しさに、心から感謝する。

二度目とはいえ、やはり慣れない感覚に、由弦はぎゅっと目を瞑って耐えた。

「力を抜いて……怖くないから」

「うん……」

宥めすかされ、なんとか緊張でガチガチになっていた全身の力を抜く。

そしてゆっくり時間をかけてあやされ、固く閉ざされていた由弦の蕾は惟久矢の指を受け入れた。

「ぁ……ん……っ」

丹念に馴らされているうちに、だんだん自分でもびっくりするくらい甘い声が漏れてしまい、由弦は咄嗟に拳で口許を押さえる。

――――は、恥ずかしい……っ。

やはり今は発情期ではないせいか、四年前のあの晩とは違い、意識もはっきりしているので羞恥心は半端ない。

だが、これは自ら望んだことなのだ。

「声……出ちゃうから、キスして……っ」

「由弦……っ」

由弦の、無自覚な可愛い申し出に煽られたのか、惟久矢がその望み通り情熱的に唇を塞いでくる。

角度を替え、深く貪られ。

「ふ……ぁ……」

舌を吸われる大人のキスに、頭の中が真っ白になって。

無我夢中の口づけに気を取られているうちに、ゆっくりと慎重に惟久矢が入ってくる。

「ぁ……ふ……っ」

指とは比べものにならない質量と圧迫感に思わず息を詰めると、すかさず惟久矢の手で前を弄られ、気を逸らされた。

「あぁ……惟久矢さん……っ」

思わず彼の首に両手を回してしがみつき、その快感と衝撃に耐える。

今、自分の内に彼がいる。

それはとてつもない安堵感を由弦に与えてくれた。

もっと、もっと。

惟久矢と一つになりたい。

このまま、溶け合ってしまいたい。

荒い呼吸の下で、そんなことを願ってしまう。

「由弦……っ」

そこから先のことは、よく憶えていない。

何度も何度も体位を変え、無心に惟久矢と抱き合い、互いを欲する。

砂漠で遭難した者が、一滴の水を求めるように。

もう、無我夢中だった。

そしてこんなにも、互いの温もりに飢えていたことを思い知る。

「ん……ん……っ」

俯せに這う格好になった由弦のうなじに、惟久矢が情熱的に口づけてきて。

「あ……ぁぁ……っ！」

敏感なつがいの印に舌で触れられ、由弦はびくびくと反応してしまう。

細い喉を反らして喘ぎ、無意識のうちにシーツを摑みしめると、背後にいる惟久矢がその手を上からぎゅっと握ってきた。

「惟久矢……さ……」

「愛してる、由弦」

俺も、ともはや声も出せなくなった由弦はこくこくと頷く。

このまま彼と一つに溶け合ってしまいたいと願っていると、瞬く間に絶頂は訪れ。

二人は手に手を取り合い、めくるめくような快感の階《きざはし》を共に駆け上がっていったのだった。

「大丈夫か？」

「……うん」

恥ずかしかったけれど濡れタオルで優しく身体を拭き清められて労られ、なんだか妙に惟久矢に甘えたくなってしまう。

「なんか……初めての時もすごかったけど、今日もすごかった……」

率直に感想を漏らしてから、己の語彙力《ごいりょく》のなさでうまく表現しきれなくて恥ずかしくなる。

すると、惟久矢が優しく肩を抱き寄せ、こめかみにキスをくれた。

「それはきっと、私達が互いのことをよく知って、出会った頃よりもっともっと好きになっているからだ。きみを愛おしく思う気持ちが溢れて止まらなくて、自分でもとまどっている」

「惟久矢さん……」

「健康に気をつけて、きっと長生きする。そして、一日でも長くきみと兎惟と一緒に生きたい」

由弦が、運命のつがいだった両親の死に別れを目の当たりにしてきて、伴侶を失うことへの恐れをずっと抱き続けてきたことは惟久矢も知っている。

だから、改めてそう言ってくれた彼の気持ちが嬉しかった。

「うん、俺も頑張って長生きするね」

「そうだ。三人でうんと長生きして、ずっとしあわせに暮らそう」

兎惟はまだ幼児なので、アルファなのかオメガなのか、はたまたベータなのかはわからない。

しかし、いずれにせよ、兎惟のことは二人で全力で支え、力になっていこうと話し合う。

「兎惟にも、落ち着いたら話さないと。あなたが本当のパパだってこと」

「そうだな。でも、あまり急ぐことはないさ。私達はもう家族になったんだから」

そう言いかけ、惟久矢が「おっと、しらたまもだったな」と言い添える。

「しらたま、ホントに猫又なんじゃって気がしてきたよ」

「……うむ、あり得そうで怖いな」

だが、しらたまは自分達の結びの神だ。

しらたまがいなかったら、こんなにうまく再会し、今の状況にはなっていなかったかもしれない。

そう考えると、しらたまに見込まれ、家族に選んでもらえたことは僥倖《ぎょうこう》だったねと惟久矢と意見が一致した。

「まずは入籍を済ませてから、近いうちに小規模でもいいから、三人だけで結婚式をしよう」

「え……？」

思いがけないことを言われ、由弦は驚きで目を瞬かせる。

オメガとアルファは普通の男女のように入籍できるし、結婚による諸々の権利も認められている。

由弦はまだそこまで考えていなかったのだが、惟久矢は既にあれこれ計画を練っていたようだった。

「なにを驚いているんだ？　私と結婚してくれるんだろう？」

「そ、それはそうなんだけど……ちょっとびっくりしちゃって……」

気恥ずかしさにうつむくと、惟久矢が大きな手のひらで頬に触れてくる。

「私が式を挙げたいんだ。我儘《わがまま》に付き合ってくれるか？」

「……はい、喜んで」

由弦自身も嬉しかったし、なにより惟久矢が望むことなら、なんでもしてあげたいと思った。

その返事に、惟久矢が短いキスをくれ、それが長くなりそうな雰囲気になってきたので、お互い理性を総動員して身体を離す。

「名残惜しいが、そろそろ兎惟のところへ戻ろう」

「うん、三人一緒に寝ようね」

余韻を味わう間もなく、二人は急いで身支度を調え、由弦の部屋へと戻る。

兎惟がすやすやと眠っているのを確認し、顔を見合わせて微笑み合う。

起こさないように静かに左右からベッドに入り、兎惟を真ん中に挟んで横になると、改めて家族になれた気がした。

どちらからともなく枕の上から手を伸ばし、由弦と惟久矢は万感の思いを込めて、そっと手を繋いだのだった。

◇　◇　◇

その日は、まるで二人の門出を祝福するかのごとく、空は抜けるような晴天だった。

そんな快晴に響き渡るように、教会の鐘の音が鳴る。

「わぁ！　ゆづたんもいくたんも、すっごくかっこいいよ！」

純白のタキシード姿に着替えた二人を見て、兎惟が手を叩いて喜んでいる。

惟久矢と結ばれ、首を隠さなくなった由弦は、彼と同じくウィングカラーのシャツにタイで堂々とうなじを晒していた。

「そういう兎惟も、すごくかっこいいよ」

と、由弦はしゃがんで我が子を褒めてやる。

兎惟も子ども用の白いジャケットに蝶《ちょう》ネクタイ、お揃いの半ズボンでおめかししているのだ。

「じゃあ、みんな、すっごくかっこいいね！」

「ああ、そうだ。私達はかっこいい家族だな」

と、惟久矢が軽々と兎惟を抱き上げ、由弦を振り返る。

「そろそろ時間だ。行こうか」

「……はい！」


三人だけの挙式に決めたのは、二人でよく話し合ってのことだった。

その結論に、弓枝も快く賛成してくれた。

ちなみにあれ以来、すっかり兎惟にメロメロになってしまった弓枝は、ときどきミアを連れて湘南まで遊びにやってくるようになっていた。

惟久矢の父とも対面を果たし、義両親との関係も良好だ。

この教会を選んだのは、こぢんまりとしていて、それでいて歴史を感じさせる静かな佇まいが二人とも気に入ったからだ。

牧師は温厚そうな六十代の男性で、オメガとアルファの結婚も快諾してくれた。

バージンロードも、初めから兎惟を真ん中に三人で手を繋ぎ、ゆっくりと祭壇前まで歩く。

この一歩一歩が、これから家族三人での歩みとなるのだ。

そう思うと、改めて身が引き締まる思いがする。

祭壇前まで到達すると、リハーサル通り兎惟は最前列の参列席へ移動し、直立不動で大人達の儀式を見守った。

「汝、八重樫惟久矢は病める時も健やかなる時も、富める時も貧しき時も彼、柏木由弦を伴侶として生涯愛し、慈しみ、共に生きていくことを誓いますか？」

「はい、誓います」

と、惟久矢。

「汝、柏木由弦は病める時も健やかなる時も、富める時も貧しき時も彼、八重樫惟久矢を伴侶として生涯愛し、慈しみ、共に生きていくことを誓いますか？」

「……はい、誓います」

と、由弦。

「では、指輪の交換を」

牧師に促され、惟久矢と由弦は向き合い、互いの左手の薬指に結婚指輪を嵌めた。

これも二人で吟味して選んだもので、シンプルなプラチナリングだ。

揃いの指輪を嵌め、向かい合った二人は手を取り合う。

それは二人にとって、兎惟としらたまの次に大切なものになった。

教会に「うちの子は家族の一員なので」と無理を言ってお願いし、しらたまも蝶ネクタイつきの首輪をして兎惟の隣に座っている。

その姿は微動だにせず、本当に人間の参列者として二人の門出を祝福しているように見えた。

二人の縁を結んでくれたしらたまに、どうしても参列してほしかった由弦達は嬉しくて、顔を見合わせて微笑み合う。

これから、三人と一匹での新しい人生が始まる。

もちろんこれからさまざまな困難や危機も降りかかってくるだろうが、互いに支え合い、助け合って乗り越えていきたい。

二人の気持ちは同じだ。

「それでは、誓いのキスを」

牧師に促され、惟久矢と由弦は厳かに唇を重ねたのだった。

◇　◇　◇

「兎惟～起きて！　保育園遅刻しちゃうよ！」

「う～ん、もうちょっとぉ……」

「今日は保育園で、兎惟の大好きなお遊戯をするんだろう？　楽しみだな」

「うん……」

朝が弱い兎惟を、惟久矢と由弦が二人がかりでなんとか宥めすかして起こすところから、八重樫家の一日は始まる。

「……おっき、する」

「よし、いい子だ」

眠い目を擦り擦り、ようやく起きてくれた兎惟の着替えを惟久矢が手伝ったり、一緒に顔を洗ったりしてくれている間に、急いで着替えた由弦は朝食の仕度をする。

今朝のメニューは、作り置きのコールスローのサラダと焼いたソーセージ、それに目玉焼きを乗せたトーストだ。

デザートのオレンジを櫛切り《くしぎ》りにしていると、スーツ姿に着替えた惟久矢が兎惟を連れてダイニングへやってきたので、三人揃って朝食だ。

「いただきまぁす！」

元気よく兎惟が挨拶し、楽しく食べ始める。

毎日の家事は、惟久矢が共働き一家を助ける神家電、『食洗機』と『乾燥機能つき全自動洗濯機』、それに『お掃除ロボット』を完備してくれたので今までより格段に楽になった。

加えて惟久矢自身が、保育園の送り迎えやほかの料理などの家事もてきぱきと分担してくれるので、こんなに楽をしていいのかと心配になるほどだ。

最近では毎週日曜の保護猫ボランティア活動にも、一家で参加している。

すっかり兎惟にメロメロの弓枝が同行する時もあり、日々賑やかだ。

世の中にはまだまだ引き取り手のない猫達がたくさんいるので、皆がしあわせに暮らせるようになんとかその手助けができれば、と願う由弦だ。


「兎惟〜、仕度できた？　いくたんが待ってるよ」

朝食を済ませ、バタバタとダイニングを片づけながら兎惟に声をかける。

「まってぇ、もうちょっと！」

最近身だしなみが気になるのか、姿見の前で保育園帽を被り直して服装チェックしていた兎惟が、ようやく納得がいった様子で戻ってきた。

「よし、行くぞ、兎惟」

「うん！　じゃあね、ゆづたん、いってきまぁす！」

「はい、二人とも行ってらっしゃい。気をつけてね」

「それじゃ、行ってくる。今日は早く帰れそうだ。後でまた連絡するから」

由弦に向かってそう言いながら、惟久矢が少し屈むと、兎惟が心得たように「ん」、と顔を差し出す。

そんな兎惟の両頬に、左右から同時にちゅっと『行ってらっしゃいのキス』をする惟久矢と由弦だ。

こうして、『行ってきます』と『ただいま』のキスをするのも、彼らの習慣なのだ。

惟久矢にねだられ、初めは照れくさかったものの、今ではすっかり慣れてしまった由弦は、兎惟の後で惟久矢の頬にも兎惟と一緒にキスをするのも忘れない。

最後に、屈んだ由弦の両頬にも惟久矢と兎惟がキスをくれ、朝のお出かけ前の儀式は終了だ。

慌ただしい中、先に出る二人を玄関前まで見送るのも由弦の毎朝の習慣となっていた。

しらたまもなぜかそれに付き合ってくれるので、彼も自分を家族の一員と自覚しているようで面白い。

手を振って出かけていく惟久矢と兎惟に、こちらも手を振って見送っていると、こんなにしあわせでいいんだろうかと思ってしまうほどだ。

こうして今朝も無事二人を送り出し、由弦は急いで食べ終えた食器を食洗機にセットし、自分も出勤の準備をしなければと傍らのしらたまを振り返る。

「いつも一人にしてごめんね。なるべく早く帰るから」

そう話しかけると、『そんな心配は不要。一人の方がのんびりできるし』と言いたげな様子でしらたまがにゃぁ、と鳴く。

「……おまえ、ホントに人間の言葉理解してるよね。もしかして人間に化けたりとかもできるんじゃないの？」

冗談半分で続けると、しらたまはふふん、といった表情だ。

あ、そこに気がついちゃった？　と言いたげなドヤ顔に、由弦は思わず呟く。

「え……まさか……ね……⁇」


一家のリビングでは、しらたまを抱っこした兎惟を真ん中に、左右から惟久矢と由弦が頰を寄せて自撮りした写真が、由弦の父達の写真と並べて大切に飾られていた。

こんにちは、真船《まふね》です。

今作は初めてのオメガバース物となりました。なにせ初チャレンジなので、担当様にいろいろ教えていただきつつでしたが、書いていてとても楽しかったです！

保護猫カフェも、以前から一度舞台として書いてみたかったので、念願叶って満足です。

大人二人を差し置いて、特に兎惟《うい》としらたまがめっちゃお気に入り（笑）しらたまと一緒に暮らせるなんて、兎惟がうらやましい……！

私は猫好きなんですがアレルギーがあって、残念ながら今まで涙を呑んで飼うのを我慢してきたのですが、猫又なら不思議な力でなんとかしてくれそうな気が……！（笑）

八千代《やちよ》先生の描かれる二人がまた、超絶キュートなので、イラストだけで買う価値ありだと思います！（力説）

今回初めてお仕事ご一緒させていただく機会に恵まれたのですが、由弦《ゆづる》と惟久矢《いくや》はまさにイメージぴったりだし、兎惟&しらたまは激烈に可愛いしで、ラフをいただく度に担当様と大盛り上がりでした。

あとがき

八千代先生、お忙しいところ、素敵なイラストを本当にありがとうございました！

最後になりましたが、この本を手に取ってくださったすべての皆様に心からの感謝を捧げます。

また次作でお目にかかれる日を心待ちにしております！

真船るのあ

CROSS NOVELS既刊好評発売中

待ちかねたぞ、我が生涯の伴侶よ！

運命の王子様と出会ったので、花嫁になります

真船るのあ Illust あまちかひろむ

アルバイト中、突然金髪の美青年・アイザックに女性と勘違いされた挙げ句
「運命の花嫁」と熱烈な告白を受けた光凜。
実はこのイケメン、ご神託を受けて花嫁探しに来日した正真正銘の王子様!
人違いだと主張するが、おいしい取引を持ちかけられ、
本物の花嫁が見つかるまでの代役を引き受けることに（ただし女装で!）。
事情を知らないアイザックの情熱的なプロポーズをなんとか躱していたものの、
共に過ごすうちに彼を意識するようになってしまい……？
ポジティヴ王子様×貧乏大学生、最強のロイヤル溺愛ラブ♡

CROSS NOVELS をお買い上げいただきありがとうございます。
この本を読んだご意見・ご感想をお寄せください。

〒110-8625 東京都台東区東上野 2-8-7　笠倉出版社
CROSS NOVELS 編集部
「真船るのあ先生」係／「八千代ハル先生」係

CROSS NOVELS

スパダリαとは結婚できません！

著者
真船るのあ

2021年6月23日　初版発行　検印廃止

発行者　笠倉伸夫
発行所　株式会社　笠倉出版社
〒110-8625　東京都台東区東上野 2-8-7　笠倉ビル
［営業］TEL　0120-984-164
FAX 03-4355-1109
［編集］TEL　03-4355-1103
FAX 03-5846-3493
http://www.kasakura.co.jp/
振替口座　00130-9-75686
印刷　株式会社　光邦
装丁　コガモデザイン
ISBN 978-4-7730-6092-8
Printed in Japan